光文社文庫

文庫書下ろし／傑作時代小説

# 近くの悪党

新・木戸番影始末(八)

喜安幸夫

KOBUNSHA



光　文　社

この作品は光文社文庫のために書下ろされました。

目次

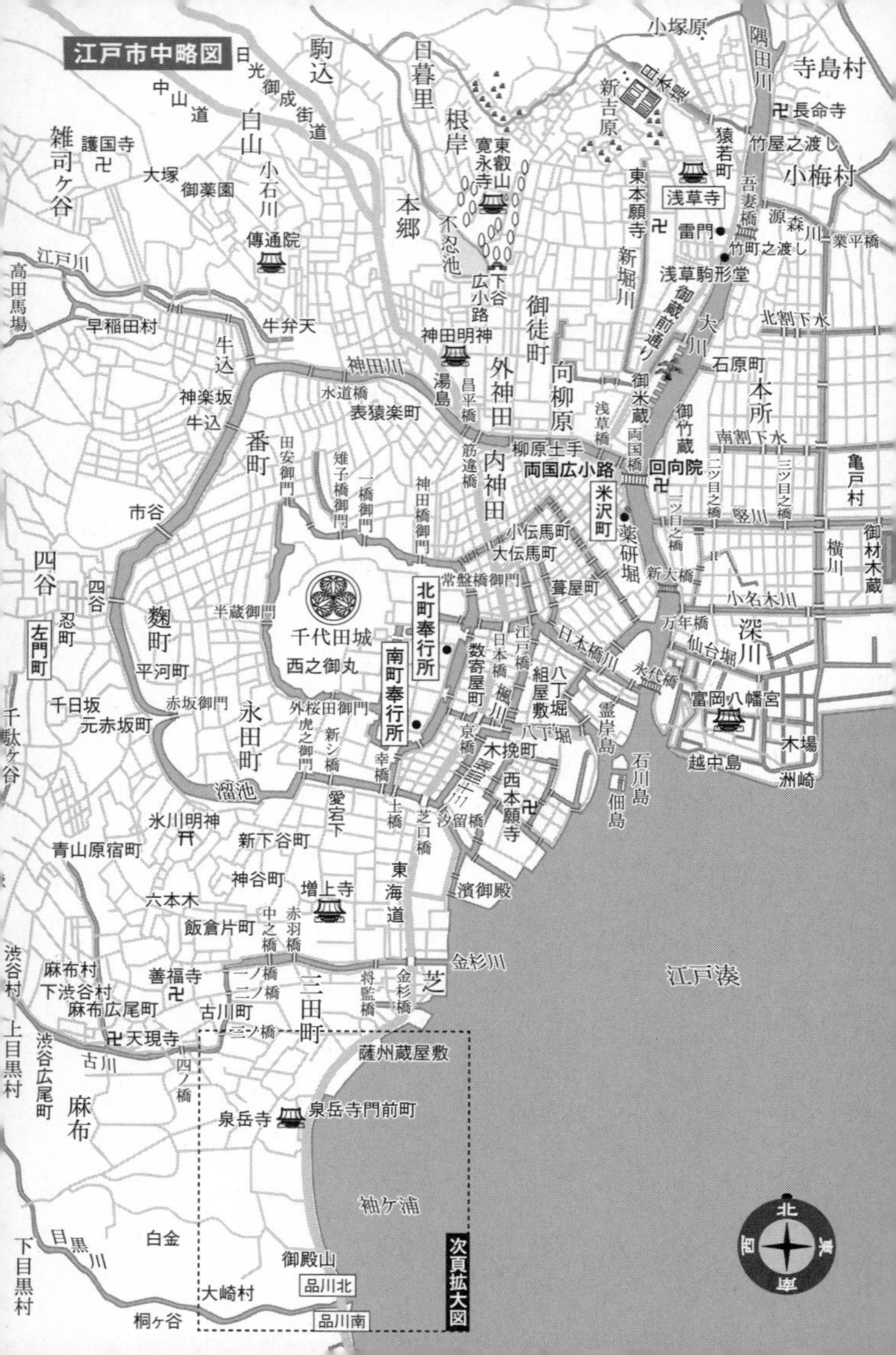
江戸市中略図
駒込
日暮里
小塚原
隅田川
寺島村
日光御成街道
中山道
白山
根岸
東叡山寛永寺
新吉原
日本堤
長命寺
雑司ヶ谷
護国寺
猿若町
竹屋之渡し
大塚
御薬園
小石川
東本願寺
浅草寺
小梅村
吾妻橋
本郷
不忍池
源森川
雷門
業平橋
傳通院
竹町之渡し
江戸川
新堀川
浅草駒形堂
高田馬場
広小路
下谷
御徒町
御蔵前通り
早稲田村
牛弁天
大川
北割下水
神田明神
牛込
神田川
外神田
向柳原
石原町
本所
湯島
昌平橋
御米蔵
神楽坂
水道橋
浅草橋
御竹蔵
表猿楽町
牛込
番町
田安御門
柳原土手
両国橋
南割下水
筋違橋
内神田
両国広小路
回向院
亀戸村
雉子橋御門
一橋御門
神田橋御門
米沢町
二ツ目之橋
三ツ目之橋
市谷
竪川
薬研堀
一ツ目之橋
御材木蔵
小伝馬町
大伝馬町
四谷
横川
常盤橋御門
新大橋
北町奉行所
四谷
麹町
半蔵御門
葺屋町
小名木川
千代田城
左門町
忍町
日本橋川
万年橋
深川
江戸橋
日本橋
仙台堀
西之御丸
南町奉行所
平河町
数寄屋町
組屋敷
八丁堀
永代橋
千日坂
赤坂御門
楓川
霊岸島
富岡八幡宮
元赤坂町
外桜田御門
京橋
八丁堀
永田町
虎之御門
新シ橋
木挽町
石川島
越中島
木場
千駄ヶ谷
幸橋
三十間堀
西本願寺
洲崎
溜池
佃島
愛宕下
土橋
汐留橋
氷川明神
芝口橋
新下谷町
青山原宿町
東海道
濱御殿
神谷町
増上寺
六本木
飯倉片町
中之橋
赤羽橋
渋谷村
金杉川
麻布村
江戸湊
善福寺
一ノ橋
下渋谷村
二ノ橋
将監橋
金杉橋
芝
三田町
麻布広尾町
古川町
上目黒村
天現寺
三ノ橋
薩州蔵屋敷
古川
渋谷広尾町
四ノ橋
麻布
泉岳寺
泉岳寺門前町
袖ケ浦
次頁拡大図
目黒川
白金
御殿山
下目黒村
品川北
大崎村
桐ヶ谷
品川南
北
東
南
西

泉岳寺周辺略図
古川町
古川
功運寺
通新町
横新町
芝田町
薩州蔵屋敷
元札辻
永松町
豊岡町
東海道
黒鍬組屋敷
三田八幡神社
魚籃坂
三田北代地町
魚籃観音
大円寺
三田台町
伊皿子台町
伊皿子坂
細川越中守屋敷
大御番組
車町横町
高札
下高輪台町
代地樹木谷
長應寺
縄手道
車町
高輪大木戸
三田南代地
泉岳寺
(赤穂四十七士の墓)
泉岳寺門前町
如来寺
木戸番小屋
大仏
太子堂・庚申堂
高輪北町
二本榎町
高輪北横町
袖ケ浦
高野寺
高輪中町
東禅寺
高輪南町
白金猿町
高山稲荷
御用地
品川台町
松平大和守屋敷
品川歩行新宿一丁目
御台場
品川歩行新宿二丁目
猟師町
善福寺
御殿山
北
西
東
南
大崎村
品川北本宿
北馬場町
品川橋
目黒川
品川南本宿

## 絡み合い

### 一

子たちが木戸番小屋のすり切れ畳を占拠している。

「そんなら爺《じ》っちゃん、雪がとけたらどの道も、川のようになるの？」

「お家《うち》、流されないの？」

と、問いをくり返す。

かつて飛脚《ひきゃく》で全国の街道を走った杢之助《もくのすけ》から各地の珍しい話を聞こうと、町内の子たちがよく木戸番小屋のすり切れ畳に上がり込むのだ。

この日も泉岳寺《せんがくじ》の手習い処《どころ》が終わった、午《ひる》をかなり過ぎた時分、五人ほどの子らが番小屋の三和土《たたき》に下駄《げた》やぞうりを脱ぎ捨てていた。

こうした風景から、またもや殺しをともないそうな事件が町に迫っているなど、微塵《みじん》も感じられない。

泉岳寺門前町《もんぜんちょう》やとなりの車町《くるまちょう》は、町場から街道を横切れば、そこはもう波の打ち寄せる江戸湾袖ケ浦《えどわんそでがうら》の海岸だ。親たちにとって子供がどこで遊んでいるか分からないより、木戸番小屋に上がっておればそれだけ安心できる。

杢之助にとっても、木戸番小屋に町内の子たちが来て、昔話や諸国の話を聞かせているときが、

(儂《わし》はいま、この町に住まわせてもらっている)

ことを実感し、心身ともに穏《おだ》やかになれるひとときなのだ。

きょう来ている子たちのなかに、五歳の松江《まつえ》と三歳の巳市《みいち》の姉弟《きょうだい》がいた。巳市はまだひとりでは遊びに行けず、いつも姉の松江についている。

さきほどもふたりの母親が木戸番小屋に顔を出し、

「そうそう、巳市、お姉ちゃんと一緒にいるのよ」

と話しかけ、杢之助にも、

「いつもすみませんねえ。木戸番さんにはこんな面倒まで見てもらって。ほんと、助かります」

と、声をかけていったばかりだ。

町内の幼い子を持つ家々の、共通した杢之助への思いだ。親たちは、子供がひと

りで海岸に出るのを極度に警戒し、家でも常に言っている。

「――街道からひとりで海のほうへ出ちゃいけませんよ」

「――遊ぶのは砂浜より、木戸番小屋の近くでね」

親たちがそのように言えるのも、木戸番人が杢之助だからだった。杢之助が泉岳寺門前町の木戸番小屋に入ってからおよそ半年になるが、確かに安心して住める町になった。

その日、天保《てんぽう》九年（一八三八）は長月《ながつき》（九月）に入り、朝から肌寒さを感じる日だった。

陽が西の空に低くなりかけても、木戸番小屋はまだ松江や巳市たち町内の子たちでにぎわっている。

「そりゃあ人の背より高いほど積もった雪だ。家だってときには流されたりすることもあってなあ」

「わーっ、こわい！」

杢之助がいくらか大げさに話しているところへ、三和土に片足だけ入れ、

「にぎやかな番小屋でやすねえ。木戸番さん、いつからこの町に？」

と、杢之助に話しかけた男がいた。かぶっている笠は脱がず、前だけすこし上げ

て言う。顔立ちは二十歳《はたち》くらいか。挙措《きょそ》はお店者《たなもの》のようにも見えるし遊び人のようにも感じる。男に視線を向けた杢之助はしばし、

（いかなる者……）

判断に迷った。

その間合いを五歳の松江が埋めた。

「あら、お兄さん。ここの木戸番さん知らないの？　ずっとまえからよ」

「そうそう、おれたち、いつも遊びに来てるから」

おない年くらいの男の子が得意そうにつないだ。

杢之助が泉岳寺門前町の木戸番小屋に入ったのは、今年の春だったから、秋を迎えた現在《いま》、そろそろ半年になる。子たちにとっては、半年まえも〝ずっとまえ〟も区別はない。

「ほう、そんなにめえから」

若い男が言ったのへ杢之助は誤解されないようにと、

「いや、まだ一年にもならねえ」

言《い》い添《そ》えると、

「へぇえ、さようで」

意外という雰囲気で三和土に入れていた足を引き、そのまま木戸番小屋から遠ざかった。

（はて、この町の者ではなさそうだが、みょうなことを訊《き》きやがる）

　杢之助は思ったが、

「雪がとけた水って、冷たいだろうなあ」

「足も手も、しもやけになっちまうよ」

と、すぐに木戸番小屋はにぎやかさを取り戻した。

　太陽が西の空にかたむきかけている。

「おう、相変わらずだねえ」

　と、つぎに声を入れたのは、

「わっ、なんでも屋の爺《じ》っちゃんだ」

　と、子たちから声が出たように、町内に住むよろず行商《ぎょうしょう》の乙次郎《おとじろう》だった。歳《とし》は五十前後で還暦《かんれき》に近い杢之助よりおよそ十歳若いが、二人ならべばおなじ世代のように見える。それだけ杢之助が若く感じられるのだ。子供たちから見ても、木戸の爺っちゃんもなんでも屋の爺っちゃんも、おなじ爺っちゃんなのだ。

　乙次郎は古くから泉岳寺門前町に住み、古着から古道具、小間物《こまもの》などを商《あきな》う行商人で、町の者は子たちが言ったように〝なんでも屋〟と呼んでいる。せがれ夫婦が府内の田町《たまち》で小さいながらも小間物屋の暖簾《のれん》を張っており、よろず行商は当人の自儘《じまま》な商《あきな》いといえた。

きょうも担《かつ》ぎ売りから帰って来たところのようだ。その乙次郎の声が木戸番小屋に入ったのは、ちょうど子たちの問いが途切れたときだった。

西の空にかたむいた太陽に、

「わ、お日さん。もうあんなところまで落ちてらあ」

「もう帰らなくっちゃ。おっ母《か》ア、心配するから」

男の子が言ったのへ、女の子の松江がつなぎ、弟の巳市の手を取った。

子たちはいっせいに三和土に飛び降り、下駄やぞうりをつっかけ、乙次郎の前を声を上げてすり抜け、おもてに飛び出て行った。

「おうおう、姉弟《きょうでえ》手をつないで」

と、乙次郎はこのとき、とくに五歳と三歳の松江と巳市の背を見送り、目を細めた。

「ちょうどいいや。静かになったところで、まあ、座《すわ》んねえ」

「そうさせてもらうぜ。さっきは三和土に立つ余裕さえなかったからなあ」

杢之助がすり切れ畳を手で示して言ったのへ乙次郎は応じ、そこに腰を据《す》え杢之助のほうへ上体をねじった。

「まあ、とくに話があって来たわけじゃねえが」

「あはは、それはいつものことじゃねえか」

杢之助は返す。これもいつものことだ。

どこの木戸番小屋も、町内の年寄りたちのたまり場になるのは珍しくないが、子たちのたまり場にもなるのは、泉岳寺門前町の番小屋ならではのことだ。それもまた、杢之助に対する住人たちの信頼のあらわれである。

杢之助は腰を据えた乙次郎に、軽い話の種《たね》のつもりで言った。

「さっき、子たちがいるときじゃった。見慣れねえ若い男が顔を見せ、儂《わし》にいつからこの町になどと訊きおった。まだ一年にもならねえと応《こた》えると、さようですかいとどっかへ行っちまったい。みょうな野郎で、ちょいと気になってなあ」

「ほう。みょうな野郎かい」

と、乙次郎もいくらかは気になったように返し、

「さっきといやあ、町内の子らがここでわいわい騒いでたときじゃねえのかい」

「そうじゃった」

「町の子たちがいっぺえ上がってる番小屋なんざほかにゃねえから、不思議に思ってちょいとのぞいてみただけじゃねえのかい」

「そうかも知れねえが。だったら儂に、いつからここにいるなんざ訊いたりするかい。まるで昔の町のようすを訊きたがっていたような、なんともみょうな野郎だったぜ」

と、この話題はここで途切れた。

もし、その若い男が杢之助に問いを入れたとき、乙次郎が近くまで来ていてその者の顔を見ていたなら、

（はて、あの若いのは……？）

と、首をかしげ、なにやら気づくことがあったろうが、いま話はそこまで発展しなかった。

さきほどから乙次郎の気を引いていたのは、幼い姉弟の存在だった。松江と巳市だ。乙次郎は言った。

「さっきここから帰《けえ》った子らのなかに、松江と巳市がいたろう。帰《けえ》るときも手をつないで。ここの畳に上がっているときも、肩を寄せ合ってたろう」

「ああ、そうだった。まっこと弟思いのいいお姉ちゃんで、いつ見てもほほえまし

い姉弟だと、感心しておるのよ」

「ほう、木戸番さんもそう思うかい。ほれ、ここの坂をちょいと上がった鳴海屋《なるみや》さんの子で、二人には元気に育って欲しいもんよ。まえの鳴海屋からの因縁《いんねん》を感じさせる姉弟だからなあ」

「まえの鳴海屋？　因縁？　なんだね、それは」

慥《たし》かに松江と巳市は、町内で古着に古道具類を商《あきな》っている鳴海屋の子だ。そこを乙次郎は〝まえの鳴海屋〟と言い、さらに〝因縁を感じさせる〟などと、思わせぶりなことまで口にした。

ちょいと話の種にと言っただけのことを杢之助に問い返され、乙次郎はいくらか言いよどむようすを見せ、

「ま、十年もめえのことだしなあ」

と、腰を上げようとした。

杢之助はすかさず、

「鳴海屋さんのお子は五歳と三歳だぜ。鳴海屋の中身が代わったのは十年めえと聞くぜ。それがどんなふうにつながってるんでえ。その手妻《てづま》みてえな話、気になるぜ」

「ま、ここの木戸番さんは、並みの番人じゃねえからなあ」

と、話せば長くなるのか、乙次郎は仕方ないといったようすで、浮かしかけた腰を元に戻し、

「さっきの松江坊と巳市坊の姉弟《きようでえ》を見ていると、つい十年めえの鳴海屋の兵輔《ひようすけ》とお里《さと》を思い出してよ」

「それも子供の名かえ。十年めえの鳴海屋さんとやらの？　いまの鳴海屋さんじゃねえみてえな言い方だが」

「さすがは木戸番さん、いい勘してるぜ。そうさ、どっちもおなじ古物《ふるもの》商いで、わしゃあ何十年もめえから古物の担《かつ》ぎ売りをやってて、いまもむかしも古着は鳴海屋さんから仕入れていてよ。ときには買ってもらうこともあってよ。どっちの鳴海屋さんもよう知ってるのさ。だからまえの鳴海屋さんが不憫《ふびん》でよう。そこにもお子がいたのよ」

「それが兵輔とお里といったかい」

「ああ、松江坊と巳市坊の姉弟《きようでえ》と逆で、兄ちゃんと妹でよ。十年めえ、兄の兵輔は十歳で妹のお里がよ、ちょうどいまの松江坊とおなじ五つだったのさ」

「待てよ。まるでまえの鳴海屋が一家まるごと消えちまったみてえな言い方をする

じゃねえか。穏《おだ》やかじゃねえなあ。それがまえの鳴海屋で、いまの鳴海屋とどんな関わりが？　おめえさんの話、どうも背景《わけ》が分からねえ。分かるように話してくれねえか」

李之助は泉岳寺門前町の木戸番小屋に入ってからまだ半年で、町内の古物、古着扱いの鳴海屋は十年まえに旗揚げし、そのまえにも町内に〝鳴海屋〟という古着、古物扱いのお店《たな》があったことは話に聞いている。だが、いかなる関わりがあるのかまでは聞いていない。

乙次郎の話で李之助はそこに興味を持ち、すり切れ畳にあぐらを組んだまま、

「さあ」

と、ひと膝まえにすり出た。

いまの鳴海屋の子の松江と巳市は、町内の子らとよく木戸番小屋に来るが、親の巳之助《みのすけ》とお松《まつ》は李之助と会えば軽く会釈《えしゃく》をするものの、立ち話はむろん番小屋に入り話し込んでいったことがない。不愛想でもなければ、すましているわけでもない。二人とも話し込んだりはしないが軽くかわす挨拶《あいさつ》には、商家の亭主とおかみさんといった愛想のよさを感じる。

李之助の問いに乙次郎は、

「ま、わしのほうから言い出した話だからなあ」

と、仕方なく受けるように上体を前にかたむけ、

「こんな話、あまり言いたくはねえのだが、ここの木戸番さんなら仕方ねえ。めえの鳴海屋さんはよ……」

「そう、そこが分からねえのよ。先代じゃねえのかい」

「あ、そうか。そこを木戸番さんは、まだ知らなかったんだなあ」

乙次郎は杢之助の疑念を得心したように、

「まえの鳴海屋と、いまの鳴海屋でいいんだ。仕事のつながりはあっても、血のつながりはねえからよ」

「ますます分からねえ。〝まえの〟だの〝いまの〟だのと」

杢之助が返したのへ、

「この世を去った人らのことだ。おめえさんも木戸番人だから、ともかく知っておいたほうがいいかな。まあ、聞きねえ」

と、乙次郎はひと息入れ、話し始めた。

「つまり、十年めえだ。そのときの鳴海屋のお子が、十歳の兵輔と五歳のお里だ。何者かに連れ去られてなあ」

「おいおい、ちょっと待てよ。連れ去られたって、身代金《みのしろきん》目当てのかどわかし!?」

　李之助は問い返した。

「身代金目当てか、単に鳴海屋を困《こま》らせるだけだったのか、それは分からねえ」

「どういうことでえ」

　李之助の問いに乙次郎はつづけた。

「二人の子が、すぐに帰《けえ》って来たからよ。朝、さらわれて、その日の午過《ひるす》ぎだったか夕方だったか覚えてねえが、ともかく早いうちに二人ともなにごともなかったみてえに帰《けえ》って来たのよ」

「そりゃあよかったが、そんな早《はよ》うに、ほんとにかどわかしだったのかい。どこか遠くへ遊びに行って道に迷ってたんじゃねえのかい」

「そんなんじゃねえ。迷子になったのなら、鳴海屋はあちこちに声をかけ、町中《まちじゅう》総出で騒ぎになったはずだ。ところが鳴海屋は一向に騒がず、近所の遊び仲間の子たちが、兵輔ちゃんもお里ちゃんも出てこないと言い出したから、鳴海屋の子がいなくなったことを近所が知ったのよ。わしもそうだった」

「二人とも十歳と五歳なら、訊きゃあようすは判《わか》るじゃねえか」

「そこよ。鳴海屋は迷子を装《よそお》ったのよ。かどわかしじゃねえとな。二人の子は親から口止めされたのか事情を話さなかったが、ちらちらと言うにゃかどわかしに違《ちげ》えねえ。それでも鳴海屋の七兵衛《しちべえ》旦那もおかみも、迷子だと言い張りなさってなあ。それればかりじゃねえ」

「みょうな話だが、まだなにかあるのかい」

「かどわかしが自身番《じしんばん》の耳にも入《へえ》り、お役人が鳴海屋まで事情を訊きに来なすったのさ」

「えぇえ！」

役人が町に入る。杢之助が最も警戒していることではないか。そういうことが十年まえにあったとは……。事件はますます杢之助の気を引いた。

乙次郎はつづけた。

「それでも鳴海屋は迷子になっただけだと言い張り、お役人には早々にお引き取りを願ったとか」

「どうしてでえ。ほんとにかどわかしだったのなら、人質の子は二人とも無事に帰《けえ》ってきていることだし、鳴海屋から自身番に訴え出て咎人《とがにん》を捕まえるのを望むはずじゃねえのかい。ほんとに迷子だったんじゃ？」

「町の者はそんなこと思っちゃいねえ。いまなお、ありゃあかどわかしだったと信じてるさ。わしも含めてな」

「そこが分からねえ。鳴海屋さんはなんでかどわかしを否定しなさる」

「そこよ。鳴海屋はかどわかしの咎人どもから金を要求する脅《おど》し文《ぶみ》を……」

「咎人ども……たあ、人数は分かってるのかい」

「いいや、分からねえ。十歳と五歳の兄妹《きょうでえ》二人をかどわかすのに、一人じゃできねえだろう」

「なるほど」

杢之助はおのれの以前を思えば、他人《ひと》の話にも一つひとつが細かいところまで気になるのだ。

乙次郎は言う。

「鳴海屋はよ、咎人からの脅し文を受け取ったはずだ」

「で、どうなったい」

「咎人が驚くほど鳴海屋はすんなりと金銭の要求に応じ、早々に何事もなかったように済ませてしまった」

「済ませてしまった？　どういう意味でえ」

「そこんところさ、うわさするのも気まずいのは……。その鳴海屋さんたちにゃ、不幸があったからなあ」

「不幸？　ますます気にならあ。そこまで話して、あとは気まずいから話さねえって手はねえぜ」

「町の木戸番さん相手に、そんな思わせぶりなことはしねえさ」

と、乙次郎はまたひと息つぎ、

「めえの鳴海屋は、わしも出入りさせてもらっていたが、奉公人の扱いが非道《ひで》えのよ。店場の奉公人に奥向きの仕事もさせ、それも朝、昼、晩、おかまいなしさ。奉公人のお人らが落ち着けるときなどまるでなかった。あまりの非道《ひど》さについ口ごたえをし、クビになった人もけっこういるのよ。あるじの七兵衛さんからクビだと言われたら、その場で荷物をまとめて店から追い出されるのさ。奥向きの女中たちもそうだった。おかみがまた旦那に負けず劣らずで、奉公人にゃ厳しいお人じゃったわい。わしもクビになったお人らを幾人《いくにん》か知ってるが、男も女もみんなまじめな働き者だったぜ。そのくせ七兵衛旦那もおかみも、外《そと》づらはいいのよ」

「そりゃあ奉公人のお人ら、腹が立ちなさろうなあ。あ、分かったぜ。十歳のせがれと五歳の娘をかどわかしたのは、以前に店を追《お》ん出されたなかの誰かということかい。二、三人がつるんで……。互いにおなじ恨《うら》みを持っているから、声もかけやすかったろうなあ」

「そういうことだ。以前の奉公人に息子と娘がかどわかされた……。これが世間に知れてみろ。奉公人たちへの非道い仕打ちがおもてになり、店の信用は落ち、もうこの界隈《かいわい》じゃ商いができなくならあ。わしも古着の取引先を替えようかと、真剣に思ったほどだからなあ」

「なるほど。その鳴海屋に、身代金《みのしろきん》を要求してきた」

「そうさ。いくらか知らねえが、そう大した額じゃなかったのだろうよなあ。鳴海屋は即座に応じて空き家にでも閉じ込められていた子らを取り戻し、まるで何事もなかったように装《よそお》った」

「かどわかした人ら、逆にしてやられたって感じじゃねえかい。目的は金じゃなかったろうに。それに閉じ込めたにせよ、十歳と五歳じゃそう長くはもたなかったこともあったろうしなあ」

「そうよ。おそらく金欲しさじゃねえ。かどわかしで世間の目を引き、鳴海屋の内側を他人さまに知ってもらい、どうしようもなかった憂《う》さを晴らすのがほんとの目的だったのよ。鳴海屋を知る者は、みんなそこに気づいてたぜ」

「旦那は七兵衛さんといいなすったかい。なかなかやり手じゃねえかい。やったお人ら、さぞ悔《くや》しがったろうなあ」

「ああ。わしも内心、悔しかったぜ。七兵衛旦那やおかみの狼狽《ろうばい》するところを見たかったのによ。もちろん、誰がやったかおよそ見当はついたが、それを言う者は一人もいねえ。もちろん、鳴海屋もだ」

「ふむ。で、その後、鳴海屋はどうなったい。それが〝まえの鳴海屋〟だろう」

「そういうことだ。世間はまえの鳴海屋を放っておかなかったのよ」

「放っておかなかった？　まわりがどうかしたのかい」

李之助の問いに、乙次郎は無言でうなずき、湯呑みを口に近づけ、あらためて話す姿勢をとった。

二

乙次郎は声を落として言った。

「天罰かも知れねえ。おっと、こんなふうに言っちゃいけねえか。ともかく、お役人を騙《だま》せても、世間は騙せねえ。鳴海屋の人扱いの酷《ひど》さは、町中《まちなか》にも街道筋にも広まってよ。それで商いはうまくいかなくなり、担ぎ売りのわしまで鳴海屋に関わっていると、行くさきざきで嫌みを言われてなあ。ほかで買い付けた古着だなどと、仕入れ先を隠したもんだったぜ」

「その鳴海屋がどうかなったのかい。〝まえの〟と言うからにゃ店を閉めた？　悪いうわさが元で」

「いいや……、関わりはあるが」

言うと乙次郎はまたひと息入れ、声をさらに落とした。

「首を、……くくって、一家心中さ」

「なんだって！　自死《じし》した!?」

「ああ」

「商家が商いがうまくいかねえくれえで、自死したりするかよ。ほかになにか原因《わけ》があったんじゃねえのかい。それに心中なんざ、なにかの間違《まちげ》えじゃ……」

「いや、心中だ。慥《しか》と」

乙次郎は明確に言い切り、

「まあ、七兵衛旦那もおかみも、外《そと》づらがいいというより、すごく気になさるお人だったからなあ。内々《うちうち》のことが全部おもてになっちまい、それも世間から白い目で見られることばかりでうわさもされたとあっては、耐えられなかったのだろうよ。

あっけなく、首をつって……」

「分からねえ。これまで懸命にお店《たな》を経営《きりまわ》してきたのが、そんなことくれえで自分たちの命を絶つかえ。しかも、子を道づれに……」

杢之助には鳴海屋の一家心中が解《げ》せなかった。

だが、

「強い人ほど、ときには弱さを見せることもあるっていうからなあ」

などと、杢之助は鳴海屋の自死をなんとか納得し、乙次郎はそれを踏まえ、話をまえに進めた。

「だがよう、亡骸《なきがら》が一人足りなかったから、厳密にゃ一家心中とは言えねえが」

「ほっ、誰か助かったかい！　そりゃあよかった。子供のどちらかかい」

「ああ、せがれの兵輔が……。そのとき十歳なら、首をくるとき逃げ出したか、それとも親が逃がしたか……。生きてたら、二十歳《はたち》だ」

「消息は分からねえのかい。町の住人で、会った人は？」

「いねえ。生きてるかどうかも分からねえしよ」

「そうかい。まえの鳴海屋さんは、そういう閉じ方をしなすったのかい。で、いまの鳴海屋さんがそこにどう係《かか》り合《お》うてるんでえ」

「そこよ、まえの鳴海屋さんが多少なりとも浮かばれるのは」

「浮かばれる?」

「そう、捨てる神あれば拾う神ありで、まえの鳴海屋さんは親戚筋の人が地所と家《か》屋《おく》を引き取り、屋号を変えて家具屋を始めなすった」

「坂のなかほどに、通りに面した家具屋があるが、あれかい」

「ああ、そうだ。看板もあるじも扱う品も替わり、まったく別ものになっちまった。あそこに、まえの鳴海屋さんの痕跡《こんせき》はもうねえってことよ」

「おもて通りからちょいと枝道を入《へえ》った所に、鳴海屋ってえ暖簾を出している古着屋があるが、いまの鳴海屋ってのはそこのことかい」

「そういうことになる」

「まえの鳴海屋と、なにか関わりがあるのかい。まえの鳴海屋が浮かばれるってのは?」

「そこよ。まえの鳴海屋がなくなったとき、すぐに鳴海屋の名と古着の商いは絶やせねえというお人が現れてなあ。それがさっきここへ遊びに来ていた、松江と巳市の姉弟《きょうでえ》の親さ」

「ふむ、巳之助どんとお松さんかい。なるほど、それで乙次郎どん、まえの鳴海屋の十歳だった兵輔と五歳だったお里の兄妹に、いまの五歳の松江坊と三歳の巳市坊を重ねたかい。どっちも鳴海屋の子だから」

「そういうことだ。巳之助さんとお松さんさ、ふたりとも、むかしはまえの鳴海屋さんの奉公人だったのさ」

「えっ、そうなのかい」

「そうさ。巳之助さんはお手代《てだい》で、お松さんは女中だった。おなじ時期にまえの鳴海屋からいなくなりなすった。旦那やおかみさんとなにかあったらしいのよ。そのあと間もなくだった、まえの鳴海屋が兵輔を残して心中したのは。そのとき巳之助さんが出て来なすって、鳴海屋の名と古着の商いはつづけなきゃならねえと、お松さんと一緒におなじ町内だがおもて通りから少し入《へえ》ったところに、〝鳴海屋〟の屋号で古着商いを始めなすったのさ」

「そりゃあ殊勝《しゅしょう》なことで」

「そう、殊勝なことさ。町でも評判になり、おもて通りから裏手に引っ込み、店の構えも小さくなったが、まえの鳴海屋のお客がほとんど戻ってきて商売繁盛《はんじょう》さ。わしもしっかりした仕入れ先ができ、大助かりさね。巳之助さんもお松さんも、まえの鳴海屋のようにおもて通りに店を構えたがっていなさるが、なかなかいい空《あ》きが見つからねえ」

「そりゃあ現在《いま》の門前通りで、売りに出るようなお店《たな》はねえぜ。まあ、そうしたうわさを聞きゃあ、まっさきにいまの鳴海屋さんに知らせてやらあ」

「そうなりゃあ、いまの鳴海屋さん、喜びなさらあ。ここならあちこちからいろんなうわさも入《へえ》ってこようからなあ」

「ああ。それはそうとして、さっきのかどわかしの話よ」

「さっきのって、十年めえのかい」

「ああ、十年めえのかどわかしよ。咎人がまえの鳴海屋の元奉公人だっていうんなら、当然町のお人らは顔も名も知っているはずだ。けっこうそれらしいうわさがながれたろうなあ」

「ああ、そうだった。十年もめえだが」

「そこに、巳之助さんやお松さんの名は出なかったのかい」

「なに言ってやがる。巳之助さんもお松さんも、鳴海屋の屋号で古着を商っているのは、きついお人だったが、まえの旦那さまやおかみさんへの恩返しのつもり……と、言ってなさるんだぜ。本来なら自分たちの新しい屋号で商いたいところをよ。なにも借り家なら、この町にこだわる必要はねえはずなのによう」

し、
と、乙次郎は巳之助とお松夫婦が、かどわかしに係り合っていることを強く否定
「そのときうわさに上ったお人らよ、まえの鳴海屋を辞《や》めなすって以来、町にゃ顔を出しちゃいねえ。鳴海屋から得た身代金がどのくれえだか知らねえが、それを元手に当面の生活《たつき》の場を求め、ちゃんとした商いをしていようよ。あのとき、かどわかしに関わったらしいとうわささされた人を、非難する者はいなかったぜ。兵輔坊もお里坊も、無事に帰《けえ》ってきたしなあ。そのあと、お里坊はかわいそうなことになっちまったが。それによ……」

乙次郎は話しながら徐々に饒舌《じょうぜつ》になり、さらにつづけた。

「巳之助さんもお松さんも、かどわかしに係り合っていたなら、鳴海屋の復活みてえな酔狂《すいきょう》なことをするかい。それをやったのが、あの夫婦がかどわかしにゃ関わっちゃいねえって証拠になると思わねえかい」

「なるほどなあ」

と、杢之助はとりあえず納得の返事をした。

乙次郎はそれを受け、視線を外に向け、

「きょうは、いつになく話し込んじまったぜ。往来の人の影、もうあんなに長くな

ってらあ」

言いながら腰を浮かした。

李之助は、

「きょうはいい話、聞かせてもらったぜ」

と、すり切れ畳の上から見送った。

乙次郎は敷居をまたぐとねぐらのある坂上に向かう。いくらか前かがみのその背が見えなくなると、

「うーん」

李之助は低く声を洩《も》らした。

町のことなら、できるだけ多くを知りたい。幾十年もまえから門前町に住んでいる乙次郎は、貴重な存在だ。とくにきょうの昔話は、現在《いま》につながる内容だけに、ことさら李之助の気を引いた。

そのせいもあろうか、

(乙次郎の父《とっ》つぁん、なにかを隠してる。というより、隠さざるを得ないものがあるみてえだったが)

話のなかに感じられてならなかった。

木戸番小屋でひとり、もの思いにふけっているとき、海辺の波の音がことさら大きく聞こえる。その波音と波音のあいだに、

(乙次郎どんは、ふたつの鳴海屋さんの世話になっている。だったら、そこには言えねえことがあっても、おかしくねえが……)

思いがながれる。

うわさに聞いたことも、みずから知っていることも、双方の鳴海屋にとってつごうの悪いことは、

(隠している)

ならば、

(なにを……)

推測のきっかけは、

(乙次郎どんの語り口調、いまの鳴海屋の巳之助どんとお松さんを、ことさら擁護《ようご》していたなあ)

と、そこだった。

波音のあいだに、疑念が走る。

(海千山千《うみせんやません》の商家のあるじが、商いがかたむいたくらいで一家心中など、あり得ね

えぜ）

　この思いは、波音とともに一歩、二歩と進んだ。

（せがれを残して一家心中、仕組まれた殺し……!?）

　思い、上体を震わせた。

「いけねえ、軽々《かるがる》しい推測は」

　低く、声に出した。

　だが、推測はつづいた。

（十歳になる兵輔の骸《むくろ》がなかった経緯《いきさつ》は、乙次郎どんの推測が当たっているだろう。自分で逃げたか、親が逃がしたか……）

　波音は尽きない。疑念はまだある。

　町内の住人のあいだに、かどわかしはかつて鳴海屋から放逐された者の仕業《しわざ》とのうわさが立ったのなら、

（そこに巳之助どんとお松さんの名も出たはずだ。それすらも乙次郎どんは否定した。いまの鳴海屋への義理立て……？）

　あぐら居《い》のまま首をひねり、

「うーむ」

また低く声に出した。

まえの鳴海屋に恨みを持つ者の犯行なら、暖簾に傷がつくのを避けるため、亭主の七兵衛が脅し文に素早く応じ、言われるままの身代金をさっさと出し、匆々《そうそう》に幕を引いたのはうなずける。咎人たちも目的が金銭でなければ、額も鳴海屋がすぐに準備できるほどだったのだろう。

(ならば……)

この〝ならば〟を杢之助は、推測の過程にもう幾度くり返したろうか。いまもまたくり返し、

(兵輔とお里の兄妹をかどわかした目的は、鳴海屋を困惑させ、奉公人への非道《ひで》え扱いを世間にさらすことだった。ところが七兵衛旦那の迅速《じんそく》な処置で、咎人たちは金銭を手にしたものの、本来の思いは遂げられず、かえって悔しさを募《つの》らせたとは、儂《わし》が推測するよりも、乙次郎どんも言ってたことだぜ)

杢之助の脳裡《のうり》はさらにめぐった。

(咎人たちのそうした思いが、鳴海屋の一家心中に係り合っていねえか)

波の音がひときわ高くなった。

つまり、殺し……。

「いかん、憶測は」

　ふたたび低く声に出し、おのれの白髪頭《しらがあたま》を軽く叩いた。

　当時十歳で行方知《ゆくかたし》れずになった兵輔のことも気になる。乙次郎の言うとおり、生きていたなら今年二十歳だ。

（それでいま、この町に現れたらどうなる）

　咎人がいかに覆面していようと声から相手を推測し、人数も予想しているはずだ。

（こいつあ、ひと波乱起きるぜ）

　町が混乱し役人が出張《でば》ってくるような事態は、李之助の最も警戒し恐れるところなのだ。

（すまねえ、乙次郎どん。儂なりに、ちょいと裏を探《さぐ》らせてもらうぜ）

　李之助は胸中に念じた。

三

　乙次郎の話の裏を取るのだ。当人に気を悪くさせてはならない。

（聞き込みは目立たねえように）

とくにこたびは、それを念頭に置いた。

なにごともなく数日を過ごしてからだ。

乙次郎は一度ふらりと顔を見せたが、そのときは先日話した十年まえの件は忘れたかのように、話題にならなかった。杢之助もわざと触れなかったのだが、乙次郎も避けているように感じられた。先日それに触れたのは、たまたま番小屋に来ていた子たちが話題になり、つい昔話を口にしてしまったからだろう。

杢之助は向かいの日向亭《ひゅうがてい》のあるじ翔右衛門《しょうえもん》が縁台に出ているのを見計《みはか》らい、ふらりと外に出た。まだ朝のうちで、さきほど乙次郎が古着の大きな風呂敷包みを背に門前通りから街道に出たところだ。乙次郎が翔右衛門と軽く挨拶を交わしたのを、杢之助はすり切れ畳の上から見ていた。

「さっき街道に出たの、よろず商いの乙次郎どんじゃござんせんかい」

「そうでした。あの人もけっこうなお歳なのに、働くのが好きな人だ。そこんところ、木戸番さんとよう似てなさる」

翔右衛門が応えたのへ、

「ほんと乙次郎さん、ようお働きになりますねえ」

と、空《から》の盆を小脇にしたお千佳《ちか》も話に加わってきた。言いながら縁台に腰かけて

いる翔右衛門と杢之助のかたわらに立ち、

「木戸番さんはご府内にも品川《しながわ》にも、疲れを知らないようによく出向いてらっしゃいますが、乙次郎さんも大きな風呂敷包みを背負い、きょうは田町を過ぎて増上《ぞうじょう》寺《じ》界隈にまでって言っておいででしたよ」

「ああ、あのあたりも縄張《なわばり》だって言ってやした。ほんに達者な人で」

杢之助は返し、

「ところで、旦那。何日かめえに乙次郎どんが番小屋《うち》へ来て昔話をしていきなすってねえ。そのなかで十年ほどめえ、この町でかどわかしがあったって話してやしたが、ほんとうで？」

「かどわかし！」

と、お千佳が反応した。

お千佳が向かいの茶店日向亭へ奉公に上がったのは、三年まえの十二歳のときだった。十年まえの話を知るはずがない。杢之助が敢《あ》えてお千佳のいるまえで切り出したのは、かどわかされてもおかしくないほど若いお千佳だが、番小屋の杢之助以上にその話を聞いていないかと思ったからだった。

案の定、

「それ、あたし、聞いたことあります。この町に来たころ、七、八年まえにあたしより二、三歳小さいだけの男の子がかどわかされ、いくらか身代金を取られたことがあったから、あたしも気をつけろって。旦那さまから」

お千佳は語り、翔右衛門がつないだ。

「ふむ。そういうの、話したことがあったなあ。たしか、お千佳のほうから訊かれたので、応えたまでだったが」

「そのときの木戸番さんから聞かされ、かどわかしなんてほんとかしらって、旦那さまに訊いてみたのです。ほんとだったので、驚きました」

お千佳は乗ってきたが、

「ま、ともかく現在《いま》の木戸番さんに来てもらってから、町が平穏になったようで、ありがたいことです」

と、翔右衛門は明らかに十年まえの話題から離れようとした。

お千佳も、

「そう。それ、あたしも感じます。このまえも夫婦げんかしているおかみさんが来なさって……」

と、話はそのほうに移った。

話題が変わったことに、翔右衛門は安堵《あんど》した表情になったようだ。

杢之助にとっては収穫だった。

本来なら誰もが語りたがる十年まえの町内の大事件を、杢之助が耳にしたのは泉岳寺門前町の木戸番小屋に入って、なんと半年も経てからになる。それも語った乙次郎はつい口に出してしまい仕方なくといったようすで、いまの翔右衛門もその話が出るとすぐ話題を変えてしまった。

杢之助にとっての〝収穫〟とは、そこに気づいたことだ。

（町は十年めえの一連の出来事を、隠そうとしている）

それとも、

（触れることをためらっている）

そこまで思えば、つぎに出て来るのは決まっている。

（なぜだ）

波の音のあいだに、

（まえの鳴海屋の一家心中のせいか）

（違う）

みずからに問いかけ、みずから応えた。

商家の心中による消滅……、町の者には格好の話題の材料のはずだ。

（町に、誰か係り合った者がいるからか）

ならば……、

（誰が……、どのように……）

また〝ならば〟で、杢之助の自問自答はつづいた。

いま町内で、まえの鳴海屋に最も係り合いがあるのは、いまの鳴海屋の亭主巳之助であり、その女房のお松だ。二人は〝鳴海屋〟の屋号を引き継ぎ、しかもおなじ古着の商いをしている。

称賛こそされ、うわさになって困るような係り合いなど、

（考えられねえ）

それなのに、町の住人がこぞって触れたがらないような雰囲気が、

（確かにある）

杢之助は町役《ちょうやく》の日向亭翔右衛門だけでなく、門前通りのそば屋のおかみさんや仏具屋の亭主などにも、

「十年ばかりめえと聞きやすが、この町に子供のかどわかしや商家のお人が一家心中したなど、物騒《ぶっそう》な話があるんだってねえ」

と、訊いてみた。そば屋も仏具屋も十年以上まえから泉岳寺門前町のおもて通りで店を張っている。

「そんな物騒な話、聞きたくもないけど、まあ、むかし聞いたことありますねえ」

と、そば屋のおかみさんが言えば仏具屋の亭主も、

「ああ、そんな嫌な話、聞いたことはあるが、忘れた忘れた」

と、あったことは確かなようだが、それ以上は訊けなかった。

そば屋のおかみさんも仏具屋の亭主も、話したがらないようすであるのは慥《しか》と感じられた。

物騒な話であればあるほど、人は話したがるものだが、こと十年まえのかどわかしに端を発した一連の事件は、その逆だった。

(知っているお人ら、いずれも触れたがらねえ。なぜだ。おかしいぜ)

杢之助は疑念をさらに深めた。

ほかの住人にも訊きたかったが、周囲が触れようとしないことに聞き込みを入れれば、かえってそれが評判になり、杢之助が住人から奇異な目で見られることになるかも知れない。町の木戸を預かる者として、それは避けねばならない。

聞き込みは早々に控えた。

悶々《もんもん》とした思いが残る。

それから数日後、鳴海屋のおかみさんのお松が、木戸番小屋の腰高障子《こしだかしょうじ》に顔だけ見せ、

「町内の子たち、きょうは来てませんねえ」

問い、中を見てすぐ帰ろうとするのを、

「待ちねえな、お松さん」

杢之助は急いで下駄をつっかけ、敷居を外にまたいだものの、

「…………」

言うべき言葉を呑み込んだ。

(鳴海屋の夫婦に質《ただ》しても、警戒されるだけ)

その思いが即座に脳裡を占めたのだ。

「はあ、なんでしょう」

「い、いや。なんでもねえ。松江坊と巳市坊なら、さっき町の子らと街道で遊んでたぜ。いま、声が聞こえねえが」

「えっ、大変。まさか砂浜のほうへ!?」

お松は足早に街道のほうへ行ってしまった。

「あぁぁ」

と、李之助はその背を見送り、

（いかん、落ち着け）

みずからに言い聞かせた。

李之助がこうもいまの鳴海屋のお松を気にするのは、乙次郎の話を穿《うが》った思いで詮索《せんさく》すれば、

（鳴海屋の名を絶やすわけにはいかねえ？　あの夫婦のやり方、できすぎちゃいねえかい）

町の人たちがうわさをためらっているのは、

（十年めえ、巳之助とお松が係り合っていたのを、町の者は知っているから？）

その思いというより、疑いが払拭《ふっしょく》しきれないからだった。

それにふらりと木戸番小屋に来て、李之助にいつからここにいるのかと訊き、さっさと引き揚げた二十歳ほどの若い男、

（顔を笠で隠していたが、まえの鳴海屋のせがれ、兵輔じゃねえのか）

そこまで脳裡にめぐらせると心《しん》ノ臓《ぞう》が高鳴り、

(放っておけねえ。こっちから仕掛けてみようかい)

意を決した。

放っておけば、役人を町に呼び込む大きな騒ぎになりそうな気がしたのだ。

## 四

思い立てば即座に動くのが杢之助だが、今回ばかりは慎重だった。普段のように困っている住人を助けるのではない。逆に町に係り合う人物に疑いをかけ、騒ぎになるのを未然に防ごうというのだ。

門前通りの坂道を中ほどまで上り、そこから脇道へいくらか入ったところに、いまの鳴海屋の看板が出ている。いまの鳴海屋は巳之助とお松が新たに起こしたお店《たな》だから、おもて通りから入ったところでないと暖簾が張れなかったのだ。

(巳之助どんもお松さんも、ようやりなさったと感心するのだが)

杢之助は思いながら鳴海屋の暖簾を頭で分け、

「ごめんなせえよ」

皺《しわ》枯《が》れた声を入れた。

「お、これは坂下の木戸番さん。また、どうして!?」

店場にいた巳之助が驚いた声を上げた。

杢之助が鳴海屋の暖簾をくぐるのは、これが初めてなのだ。

「ああ、ちょいと話がありましてな」

言ったのへ、

「えっ」

と、巳之助は瞬時、緊張を表情に走らせた。

木戸番人の杢之助が門竹庵細兵衛《もんちくあんさいべえ》や日向亭翔右衛門などの町役以外に、直接家に訪《おとな》いを入れるのは、そこに夫婦げんかや兄弟げんか、さらにもっと深刻な近所との揉《も》め事《ごと》の相談を受けたときだけだ。

その木戸番人が来た。鳴海屋は巳之助も女房のお松も杢之助と会えば挨拶は交わすが、夫婦とも木戸番小屋の敷居をまたいだことはない。先日もお松が木戸番小屋に声を入れたとき、足は敷居の外だった。

鳴海屋は奉公人といえば、手伝と小僧、それに店場もときおり手伝う女中をひとりおいているだけの小さな店で、店場の声は奥にも聞こえたようだ。それともお松がたまたまおもてのほうまで出て来ていたのかも知れない。

「坂下の木戸番さん、どうぞ」

と、すぐに店の板場に顔を見せた。

板場や棚《たな》に古着が並べられ、壁にも吊るされている。その板場に夫婦がそろって座した。杢之助には二人そろっているほうがつごうがよかった。これから切り出す話に、夫婦がどのような反応を見せるか、そこを見たいのだ。

杢之助は敷居をまたいだが、店場の土間に立ったままだ。木戸番人に座布団までは出さないものの、どちらかが板場を手で示し、座るよう勧《すす》めてもおかしくない場面だが、亭主にも女房にもその気配がない。その二人のようすから、

(儂を警戒しているような)

杢之助は感じた。

立ったまま、

「ここまで坂道を上って来たのはほかでもねえ」

と、切り出し、

「ついこのめえだが、おめえさんらが十年めえ、この町に鳴海屋の屋号を張りなすった理由《わけ》を耳にしやして……」

ここまで言うと、明らかに巳之助とお松はそろって表情に緊張の色を強くした。

（やはり）

李之助は思い、用意した言葉をつづけた。

「まえの鳴海屋さんにゃなんと言うたらいいのか、大きな不幸がありなさり、そのとき十歳になるせがれさんがいたが行方知れずになり、どこかに生きているかも知れねえ、と」

「そ、そんなこと、誰から！」

いくらか強い息を吐くように問い返したのは、亭主の巳之助だった。温厚そうな商人然とした顔つきに、その口調は似合わない。

李之助は応えた。

「どなたからって、当時を知るお人なら、誰でも知ってるっていうじゃござんせんか。ただ、言わねえだけで」

「そう、そのようですねえ」

落ち着いた口調で返したのは、女房のお松だった。目鼻立ちの整った、しっかり者の顔つきだ。

李之助はつづけた。

「もし生きていたなら、ことし二十歳《はたち》でやしょうか。名は兵輔とか」

「そう、そんな名でした。一家心中などと痛ましいなかに生き残っていたなら、いい報《しら》せとなるのですがねえ」

言うお松の口調も表情も、故意に落ち着けているように感じられた。亭主の巳之助はことし四十歳で、お松は二十八歳と若いのに、なにやら切羽《せっぱ》詰まったものがあった場合、

（歳に関係なく、女のほうがずぶとく肚《はら》が据《す》わるものかのう）

と、まだ切羽詰まったものがあると決まったわけではないのに、杢之助はつい思ってしまった。

杢之助はさらに話した。

「四、五日めえだったか、番小屋にふらりと顔を出し、儂にいつからこの町にいるのかなどとみょうなことを訊いて行った、二十歳ぐれえの若え男《わけ》がいやした。初めて見る面《つら》でやしたが」

「えっ。で、木戸番さん、なんて応えなすった」

巳之助がうわずった口調になり、上体を前にかたむけるのではなく逆にうしろへ引き、問い返してきた。

杢之助にとっては期待というより、予期した巳之助の反応だった。

「そうそう、ここの松江坊と巳市坊が番小屋に遊びに来ているときでござんした。あとで二人に訊いてみなせえ」

杢之助は正直に話している。それが巳之助にもお松にも分かるようだ。

杢之助はつづけた。

「一年にもならねえって応えると、さようですかいって帰《けえ》ったって、ただそれだけのことでござんすが、その問いが十年めえの話を聞いたときと重なったもんで、つい気になりやしてなあ。ともかく鳴海屋さんにゃ話しておこうと思うてな」

二人とも真剣な表情で聞いている。

「ほかに、なにか」

問いはお松だった。さきほどの落ち着きようとは異なり、いくらか困惑した口調になっていた。

お松も巳之助も、

『どんな顔……』

とは訊かなかった。

(えっ。まさか、夫婦そろってすでにその若《わけ》えのに会ったのか)

瞬時、思えた。

その疑念を脇に置き、杢之助はお松に視線を据えた。

「ただそれだけでさ。えっ、その若《わけ》えの、こっちにゃ来ていねえ？　ならばあの若えの、まえの鳴海屋のせがれというのは考え過ぎかのう。ま、つい十年めえの話を聞いたのと重なったもんだからよ。ただそれだけさ」

「…………」

「…………」

巳之助とお松は、無言で顔を見合わせた。

座はいくらかの緊張に包まれている。

杢之助はそれをやわらげるように、

「ま、そんな理由で、鳴海屋さんにその話をと思ったまでさ。関係なかったなら、それに越したことはねえ。じゃましたな。いま松江坊と巳市坊は外かい。あの二人、ほんに仲のいい姉弟《きょうでえ》だ。ほほえましいぜ」

言うと下駄の向きを変え、敷居を外にまたごうとした。

「あ、お待ちを」

お松が呼びとめた。

「なんでやしょう」

李之助がふり返るとお松は端座《たんざ》の腰を浮かし、

「外でうちの松江と巳市を見かけたら、すぐ帰るよう言ってくださいな」

「え、帰《けえ》るように？　海辺のほうへ行かねえようにじゃねえのかい」

「いえ、家《うち》へ帰るように、と」

お松が言い、

「そう、家へ」

巳之助も深刻な表情でつないだ。

李之助は胸中に首をかしげ、

「ああ、見かけたらな。そう言っとかあ」

と、あらためて鳴海屋の敷居を外にまたいだ。

木戸番小屋への坂道を下りながら、

(あの夫婦、儂と話すのを警戒していた)

短いやりとりのなかで、李之助はそれを的確に感じた。

そのくせ、五歳の松江と三歳の巳市が外で遊んでいるのを見かけたら、帰るように言ってくれなどと夫婦そろって頼んだりする。海岸への注意なら分かるが、外で遊んでいるだけで、帰るように……。

（なにを心配している。かどわかし……？）

それを思えば、

（そこを心配しなきゃならねえ理由《わけ》でもありやすのかい）

と、逆に問いたくなる。

木戸番小屋に一人となった。

波音を聞きながら、

（鳴海屋が儂に松江と巳市のことでまた頼みごとをしたなら、よし、遠慮はいらねえ。その背景を積極的に探ってみようじゃねえか）

杢之助は決した。

いま脳裡にあるのは、

（鳴海屋の件、原因《わけ》の分からねえまま放っておいたんじゃ、どんな重大事に発展するか分からねえ）

そんな予感が込み上げて来てならなかった。その予感は、杢之助にとっては恐怖にもなるのだ。

五

李之助はわざわざ近所に出向き、十年まえの件を訊くことはなかった。だが、番小屋に来る住人には、さりげなく訊いた。

いずれも応えはほぼおなじだった。

「十年もめえのこと、覚えておらんよ」

「心中？　そういえばそんなこと、ありましたねえ。いまごろ、なんでそれを？」

と、そこからまえに進まなかった。

「木戸のお爺《じい》ちゃーん」

と、町内の子たちが来た。鳴海屋の松江と巳市もいる。李之助にとってはいい機会だ。子たちが狭い三和土で、

「きょうも雪が家より高くつもる話……」

「いや、大きな川の橋が流されたって話のつづき……」

と、押し合っているなか、さっそく言った。

「松江ちゃんと巳市ちゃんよ、家でなにかあったかい。お父《とっ》つぁんとおっ母《か》さんが、

なんだか心配してたからよ」

「なあんだ、そんなことかい。外で遊んでも、浜に行かなきゃいいのさ」

別の子が応え、松江も、

「ここならいいの」

「知らない人に声かけられても、絶対ついて行っちゃだめだって」

三歳の巳市が姉につづけた。

家でそう言われているようだ。

(いまの鳴海屋に、かどわかしの危険が⁉)

杢之助が瞬時にそれを脳裡に走らせたのに無理はない。まえの鳴海屋の兄妹がかどわかされたのは、十年まえのことだ。二人の子は無事帰って来たが、そのあとまえの鳴海屋は、一家心中とやらの悲劇に見舞われた。それがいまの鳴海屋が生まれるきっかけになっている。

(なにか係り合いが……)

杢之助の脳裡をめぐる。

「そんなこと、家でいつも言われてらあ。人さらいに気をつけろって」

「そうそう。木戸番小屋なら平気だって」

　ほかの子らが口々に言い、あとはワッとすり切れ畳に飛び上がった。もちろんそのなかに松江と巳市もいる。

（いかん、儂の取り越し苦労かも知れねえ）

　軽く反省し、

「雪は一度にドッととけてドバッとながれるわけじゃねえから、家まで流されるってことはめったにねえ」

「めったにないって、流されるときもあるの？」

と、たちまち木戸番小屋は子たちのにぎやかな声に満ちた。

やがてその声が去り、松江と巳市の背が坂上の家のほうに帰るのを確認し、ふたたびすり切れ畳の上で波の音に包まれてからも、杢之助の脳裡は考えつづけた。

（松江と巳市、慥《たし》かに親からなにか言われている）

　人さらいへの注意はどの親でもするが、松江と巳市の口ぶりから、

（なにか具体的な理由があるような）

　それが感じられたのだ。そうでなければ、三歳の子が〝絶対〟などと強い言葉は口にしないだろう。だが子たちの会話から、その具体的な理由を聞き出すことはできなかった。

だからといって鳴海屋の近辺に聞き込みを入れれば、すぐ鳴海屋に伝わり、巳之助とお松から警戒され、かえってようすがつかめなくなるだろう。

(仕方ない)

杢之助は身を起こした。

町のようすを知るため、木戸番人にはもっともらしい方途《ほうと》がある。町役に訊くことだ。

鳴海屋は坂の中ほどを枝道に入ったところにあり、坂下の日向亭より坂上の門竹庵のほうが近い。街道のうわさなら日向亭だが、町の住人のことなら門竹庵のほうが集まりやすい。

まだ西の空に陽は高い。

杢之助はおもてに出ると、向かいの縁台に出ているお千佳に、

「またちょいと留守《るす》を頼まあ。坂上だ。すぐ戻って来る」

声をかけ、坂上に下駄のさきを向けた。いつものことだ。坂上と言っただけで、お千佳には杢之助が、木戸番小屋の用事で町役総代《そうだい》の門竹庵細兵衛を訪《たず》ねることが分かる。

「ごゆっくり。日向亭《うち》の旦那にも言っておきます」

お千佳の声を背に聞く。

李之助は、町内の通りは心置きなく歩けた。元飛脚の足に、盗賊《とうぞく》時代の忍び足が加わったか、下駄を履いていても足元に音が立たない。それが李之助の自然の歩き方になってしまい、たまたま心得のある者の目にとまれば、

(忍び⁉)

思われかねない。故意に音を立てようとすると、かえってぎこちない歩き方になり、逆に人目を引いてしまう。

ところが泉岳寺門前町は、どこもけっこう急な坂道だ。往来人は用心深く足元に気を遣《つか》って歩を踏んでいる。そこを李之助が自然に歩を進めても、なんら目立つことはない。だからいつも他人《ひと》の目を気にしながら歩を運ぶ李之助には、門前町の往《おう》還《かん》は気が休まるのだ。

半年まえ、門竹庵のお絹《きぬ》の勧めで泉岳寺門前町の坂道を見たとき、

(――ふむ。くつろげそうな町だ)

と、思ったものだった。

実際に、くつろげた。

下駄をすべらせないように上り坂を踏み、竹細工師《たけざいくし》門竹庵細兵衛の店の玄関に声

を入れる。仕事場の板敷に細兵衛はいた。

話はたぶん深刻なものになる。

「ちょいと込み入った話がござんして」

言うと細兵衛は奥の板敷の間《ま》に杢之助を案内した。そこも仕事場で、おもに仕事内容や納期などが話し合われる。普段、職人はおらず、そこなら細兵衛と二人でゆっくり話せる。

「いつもおもての仕事場で話していく木戸番さんが、わざわざこっちの部屋を望むとは珍しいじゃないか。ま、座《すわ》んなせえ」

言うと奥に声を入れ、お茶の用意を命じた。杢之助の表情から、話がかなり深刻そうなことを読み取ったようだ。

細兵衛は根が職人だから歯切れのいい職人言葉も使えば、門前町の町役総代として鄭重《ていちょう》な商家の言葉遣《づか》いにもなる。

机というより仕事用の台の前に細兵衛につづいてあぐらを組むとすぐ、

「杢之助さんが奥の仕事場に入りなさるのは珍しいので、あたしがお茶を」

と、細兵衛の妹のお絹が茶を運んで来た。門前町で杢之助を〝木戸番さん〟ではなく、名で呼ぶのはお絹ひとりだ。東海道《とうかいどう》の小田原《おだわら》で賊に亭主を殺され、みずからも命を狙われ、十二歳の娘を連れ泉岳寺門前町まで逃げ帰る四日間、道中に出会った杢之助に助けられ、無事に実家の門竹庵まで戻って来た。ことし四十歳のお絹にとって、還暦に近い杢之助は命の恩人なのだ。

杢之助が行くあてのない旅の途中だと知ると、町役総代である兄の細兵衛に泉岳寺門前町の木戸番人にと推挙《すいきょ》したひとりがお絹だった。

盆には三人分の湯呑みが載っている。自分も話に加わるつもりで運んで来たようだ。杢之助は三つの湯呑みに目をやり言った。

「ちょうどいい。お絹さんも一緒に聞いてくんねえ」

実際、ちょうどよかった。話が鳴海屋の家の事情なら、細兵衛よりお絹のほうが詳《くわ》しいかも知れない。

「まあ、なんでしょう」

それを受けるように座り込んだお絹に、杢之助は話した。

「鳴海屋のことでやすが、十年めえの話はともかく、いまなにか揉め事を……」

「えっ、鳴海屋さん！」

鳴海屋の名が出るなりお絹は反応した。

（やはり、なにかある）

李之助は直感した。

「これ、お絹」

細兵衛がお絹をたしなめるように言い、

「さあ、木戸番さん。どんなことかつづけなせえ」

と、さきを促《うなが》した。お絹が反応したことから、細兵衛ももう隠し立てすることはできない。

(来てよかった)

李之助は確信し、問いをつづけた。

「へえ、鳴海屋さんでさあ。内々《うちうち》になにか困《こま》り事《ごと》でも抱《かか》えておいでじゃござんせんかい。たとえばお子の松江と巳市をさらい、なにかを突きつけようとしている者がいるとか」

「えっ。それ、あたしも聞いた。まえの鳴海屋さんの話……、十年まえ……」

やはり関連がありそうだ。だが、お絹は詳しくは知らない口ぶりで、しかもいまと十年まえを混同しているようだ。

細兵衛が咳《せき》ばらいをし、

「お絹、話は最後まで聞くのだ」

たしなめ、

「さあ」

李之助はその言葉を受け、あらためて語り始めた。

「鳴海屋さんに、なにがいま起こっているのか、気がついたことがござんしたら、詳しゅう聞かせてもらいてえので。五歳の松江坊と三歳の巳市坊が心配で。木戸番人の取り越し苦労かも知れやせんが、放っておきゃあ大きな騒動に発展しそうな気がしやして」

「それ、鳴海屋さん、いま……」

またお絹が喙《くち》を容《い》れようとしたのを、

「お絹っ」

細兵衛が強くたしなめ、

「私もようは知らんのじゃが、鳴海屋さんがいまなんらかの事情を抱えていなさることは、間違いないようですじゃ」

「それっ、あたしも感じます」

と、またお絹。

「じゃから、いかような」

杢之助の問いに、

「家の中を見たわけじゃないが……」

「そう。ここ数日、尋常じゃないです」

と、細兵衛にお絹がつないだ。

どちらも断片的だったが、二人の話を合わせれば、数日まえから鳴海屋が落ち着きを失い、夫婦がかわるがわる、子たちが間違いなくおもてで遊んでいるか確かめに見まわるようになったらしい。木戸番小屋にもお松が来たのと、鳴海屋を訪ねた際にふたりに家に帰るよう伝えてくれと頼んできたことなどが、細兵衛たちの話と一致している。海岸に遊びに出るのを心配しているのではなく、どうやら心配はかどわかしのようだ。

数日まえから、古着の客とは思えない者が鳴海屋を訪《おとず》れるようになり、

「鳴海屋さんが落ち着きを失ったのは、それからのようです」

お絹は言う。

「おなじおもて通りなら、顔を見ることもできるのじゃが」

細兵衛が言うとお絹が、

「それ、あたしも気になり、鳴海屋さんの近所の人に訊いてみたのです」

「知ってる者だったか」

と、お絹に訊いたのは細兵衛だった。

それぞれ気にはなっていても、門竹庵で家族がこの件について深く話題にしたことはないようだ。いま李之助が来ているのが、話す機会になっている。

お絹は応えた。

「お向かいの小間物屋さんに訊いたのです。最近来るようになった人って、ずっとむかし、まえの鳴海屋さんにいた人だって」

「えっ、やはり」

細兵衛は返した。

（はたして十年めえと係り合っていたか）

李之助は細兵衛の〝やはり〟からそれを感じ取り、あらためて聞き役に徹した。

細兵衛とお絹のやりとりになっている。

「そうか。だったらおまえが顔を見ても分かるまい。あのころおまえはこの町を離れていたからなあ」

「そうでした。むかし鳴海屋さんにいた人、ひとりじゃないって。ふたりくらいか。それも一緒に来ているんじゃなく、別々に。一度、そのひとりが来たとき店場でひと騒ぎがあり、旦那の巳之助さんがその人を外に追い出し、まだ昼間なのに店を閉めてしまったこともあったとか」

「えっ、そこまで深刻に」

細兵衛は驚いたように言うと杢之助に視線を移し、

「こりゃあ木戸番さんが心配するように、近ごろの鳴海屋さんの落ち着きのなさ、むかしの件もあり、放っておいちゃどんな事態に進むか……。事情を聞き出し、場合によっちゃ、なにがしかの手を打たねばならないかも知れませんなあ」

「そんなら、あたしがひとっ走り」

お絹が言うなり腰を上げ、部屋を出ようとした。

「あ、待て。それだからおまえは困るのだ。誰になにをどう訊くか、それを決めてからだ」

「そう、それが大事」

杢之助も声を入れた。

「直《じか》に鳴海屋さんへ声をかけたりしませんよ」

と、なおもお絹は部屋を出ようとする。

そこへ店場のほうから訪《おとな》いの声が聞こえた。

声で分かるのか、

「あ、お向かいの小間物屋さん！　いま、行こうと思っていた……」

言うとお絹は勢いよく板戸を開けた。門竹庵の向かいではなく、いま話題になっている鳴海屋の向かいのおかみさんだ。

細兵衛も杢之助も、鳴海屋の聞き込みにまっさきに脳裡に浮かんだ相手だ。お絹はすでにこの小間物屋のおかみさんから、およそのことは聞いているようだ。鳴海屋とは細い道一筋《ひとすじ》を挟んだだけで、互いに店場の声どころか日常の声まで聞こえ、家族ぐるみのつき合いもある。

おかみさんは部屋の中を見るなり、

「あらあ、ちょうどよかった。木戸番さんもおそろいだ」

「こっちもちょうどよかった。これからおまえさんのところへ人を遣《や》ろうと思うておったところさ」

細兵衛は言い、小間物屋のおかみさんに腰を下ろすよう手で示した。

お絹もふたたび腰を下ろし、板敷の間でひとつの仕事台を四人で囲むかたちになった。

小間物屋のおかみさんは、いま自分が入った板戸を閉めたかどうか確かめるよう

にふり返り、

「向かいの鳴海屋さんのことなんですけど。きのうもお絹さんに話したのですが、もう心配で心配で」

と、いかにも困惑した表情で声を落とし、話し始めた。

はたしてここ数日のことだという。すでにお絹に語ったとおり、向かいの鳴海屋から来客と口論《こうろん》しているような声がよく聞こえるという。相手をしているのは亭主の巳之助のときもあれば、女房のお松のときもあるらしい。まったくの招かざる客のようで、夫婦そろってその者と言い争っているときなど、子の松江と巳市が恐がって小間物屋に逃げて来たこともあるという。いったい相手は誰だろうと客が帰るときおもてに出て、

「顔を見たのですよ」

「ほう」

門竹庵細兵衛が声に出し、小間物屋のおかみに視線を据えた。お絹が話すのではなく、直接鳴海屋からの声を聞いている小間物屋のおかみさんが語るのだ。臨場感がある。杢之助もつぎの言葉を待った。

小間物屋のおかみさんは言う。

「まえの鳴海屋さんで、いまの巳之助さんやお松さんと一緒に奉公していた人で、えーと、名前は忘れました。それにもう一人、笠をかぶっていて顔は分かりませんが、体つきから見るとまだ若いような……」

木戸番小屋の杢之助に、いつごろからこの町に入っているか訊きに来た、あの若い男のようだ。

杢之助が問いを入れた。

「むかしの巳之助どんやお松さんと同輩だったお人、お店者《たなもの》風だったかい。それとも遊び人風だったかい。それに若えの《わけ》と一緒に来ることは……」

「さすが木戸番さんですねえ。あれこれ一度に訊きなさって。順に詳しく話しますからね」

逆に小間物屋のおかみさんは落ち着いた口調で言い、

「むかし一緒に奉公していた人、お店者か遊び人か、見ただけで見分けがつきませんよ。すくなくとも、与太《よた》でないことは確かで。それに笠をかぶった若い人、一度見ただけで、一緒じゃなかった。それがおかしいんですよ。その人、鳴海屋さんから言い争いのような声が聞こえているときだった。しばらく玄関の外から立ち聞きしていて、それだけで中に入らず、帰ってしまいましたよ。おかしいでしょう、訪ねて来て立ち聞きして、黙って帰ってしまうなんて」

「そりゃあそのお人、言い争っている声に驚いたんじゃないの」

お絹が言ったのへ、小間物屋のおかみさんは返した。

「鳴海屋さんの知《し》り人《びと》なら、心配して中に入るでしょう」

「うむむ。言い争っているお人ら、むかしの同僚で、おなじ以前を持っているということですな。それがいったいなにを揉めていなさる」

誰に問うでもなく、杢之助は声に出し、

(こいつあ根深く、複雑な絡《から》み合いがありそうな)

思いが脳裡を走った。

細兵衛もおなじことを感じたようだ。

言った。

「おなじ以前を持つお人らの言い争い、一度や二度ではないような……。まさかと思うが、その場で刃物を持ち出しての争いに発展しそうな雰囲気にはならなかったかな」

「えっ、殺しになる!?」

お絹が声を上げた。

李之助の懸念はそこにある。

小間物屋のおかみさんは応えた。

「それなんです。外からじゃ聞き取れないのです。鳴海屋さんに行って、なにごとかと訊いても、なんでもないというばかりで。しかも言い争いは日に日に激しくなるみたいで、ときには物音さえも。あのままじゃ、いま細兵衛旦那が言いなさったようなことにもなりかねない。だから町役さんに相談に来たのです。するとちょうどよく、木戸番さんもいなさった」

町役総代の細兵衛と木戸番人の李之助は、真剣な表情で顔を見合わせ、うなずきを交わした。

（大きくなるまえに収めねば）

二人はおなじ思いを確認し合ったのだ。

六

難題である。

小間物屋のおかみさんの話では、鳴海屋は明らかに他所《よそ》から口出しされるのを警戒している。おもてになるのを、防ごうとしているようだ。

――ともかく目立たぬよう、個別に鳴海屋に接し、なにを隠しているのか探る必要がある

李之助と細兵衛は話し合った。鳴海屋への働きかけの、第一歩だ。

お絹にも向かいの小間物屋のおかみさんにも、

「直接訊いたり、うわさしたりしないように」

と、細兵衛は釘《くぎ》を刺した。お絹も小間物屋のおかみさんも不満顔だったが、事の重大さは覚《さと》ったようだ。

門竹庵から木戸番小屋へ坂道を下りながら、

(ともかく慎重に)

李之助はあらためて胸裡《きょうり》に念じた。

門竹庵には思ったより長居をしてしまったが、陽がそろそろ西の空にかたむこうとしている。

「あらあ、ごゆっくりでしたねえ。道を訊きに来た人がひとりで、番小屋にお客さんはありませんでしたよ」

「そうかい。つい坂上で話がはずんでなあ」

声をかけてきたお千佳に返し、李之助は縁台に座らず木戸番小屋に入った。目立たぬように話を進めるには、まだお千佳に合力《ごうりき》は頼めない。町役の日向亭翔右衛門にも、

（手をわずらわせないため、当面は話さずにおこう）

と、門竹庵細兵衛と話し合っている。コトを大きくせず、できるだけ狭い範囲で早急《さっきゅう》に処理するためだ。

――静かに、目立たず、迅速に
李之助はみずからに誓った。

すり切れ畳にあぐらを組み、ひとり波音を聞いていても落ち着かない。具体的にどうするということは、なにも決まっていないのだ。いまの鳴海屋と、まえの鳴海屋の奉公人仲間との諍《いさか》いはなにか。木戸番小屋に顔を見せた若い男は何者か。その者がまえの鳴海屋のせがれ兵輔なら、いまの鳴海屋の諍いにどう絡んでいる。まだなにも判っていないのだ。

（ひとつが分かれば、すべてが解決できそうな）

李之助は事態の概要から、そのような感触を得ている。つまり、

（ひとつのことをめぐって、それぞれが絡み合っている）

鳴海屋からまた諍いの声が聞こえれば、向かいの小間物屋のおかみさんがすぐさま門竹庵細兵衛に知らせ、木戸番小屋にも走ることになっている。

きょう門竹庵細兵衛、お絹、杢之助、小間物屋のおかみさんの四人が話し合ったなかで唯一の具体的な内容だ。しかしこれとて、鳴海屋がいかに外に洩れるのを警戒していようと、揉めている最中へ町役が出て、さらに木戸番人までが出たなら、理由《わけ》を話さざるを得ないだろうとの、希望的な思い込みからの発想に過ぎない。

鳴海屋から諍いの声が聞こえてくるのはほとんど毎日だということだが、門竹庵で四人が話し合った日、陽が西の空にかなりかたむいても、まだ小間物屋のおかみさんが門竹庵と木戸番小屋に駈け込むことはなかった。

(どうしたい、きょうは来ないのかい)

胸中に念じ、まえの鳴海屋のせがれで兵輔かも知れない若い男、

(いまの鳴海屋に、どう係り合っている)

あらためて背景の複雑さに、

(ともかく動いてくれ。解明へのとっかかりが早《はよ》う欲しいのよ)

催促した。

すでに夕刻といえる時分になっている。杢之助の思いがいずれかに通じたか、そ

れらしい男が街道から門前町の通りに入って来た。顔は知らないが、直感するものがあった。

そのすぐあとだった。さきほどの男が鳴海屋に向かったかどうか、外に出て確かめようと腰を上げ下駄をつっかけたときだった。おなじ街道から笠をかぶった男が門前通りに足を入れ、向かいの日向亭の縁台に腰を下ろした。体つきは若い。李之助は外に出ようとした足をとめ、その男に注目した。

男は縁台に腰を据えたまま笠の前を上げ、坂上のほうへ視線を投げた。さきほどの男の背を目で追っているようだ。

確信した。

(まえの鳴海屋のせがれ、兵輔……！)

そうなれば、疑念はさらに深まる。

(やはりやつら、ふたり組んで鳴海屋になにかを仕掛けているのじゃのうて、逆にいがみ合《お》うている？)

そう解釈すれば、小間物屋のおかみさんの話にも合致する。

意を決し、おもてに踏み出た。さっき坂道に入った男が鳴海屋に行くのかどうかを確かめるとともに、兵輔と思われる若い男と、あらためて話をしてみたかった。

そこに解決への糸口がつかめそうな気がしたのだ。

縁台に近づき、坂上に視線をながしている若い男に、

『おめえさん、まえにも来たことが……』

と、声をかけようとしたところへ、

「あら、お客さん。最近よくお見かけしますねえ」

湯呑みを盆に載せたお千佳が歩み寄り、若い男に話しかけた。

男は笠の前を上げ、視線を坂上に向けたまま、

「ああ」

めんどうくさそうに返し、お千佳へふり向きもしない。お千佳は湯呑みを縁台に置くと、店の中に入ってしまった。

杢之助は足をとめ、言いかけた言葉を呑み込み、その男とおなじ方向に視線を投げた。ちょうどさきほど坂上に向かった人物が、鳴海屋の玄関に入ったところだった。

若い男はそれを確認したか、視線を目の前に立った杢之助に向け、笠の前を上げて、

「なにか」

ぞんざいに言った。男は杢之助の町でのうわさを聞いておらず、どこにでもいる並みの番太郎と見ているようだ。

杢之助は語りかけた。

「おめえさん、めえにも番小屋に来たことがありなさるなあ。あんときゃあ、儂にみょうなことを訊きなすったが」

「みょうなこと？」

若い男は訝《いぶか》るような表情になり、杢之助はさらに言った。

「儂がこの町にいつごろからいるってよ。この町について、なにか知りたいことでもありなさるのかのう」

「ああ、あれですかい。別に他意《たい》はねえ。ただ知らねえ木戸番だったもんで、つい訊いてみただけさ」

言うと、

「ねえちゃん、お代はここに置いとくぜ」

と、縁台に寛永通宝《かんえいつうほう》の音を立て、杢之助を避けるように腰を上げた。

若い男は街道を品川のほうへ向かった。来た方向だ。

お千佳がまた店場から出て来て、

「最近よく見えるんですよ。不愛想で、みょうなお客さん。きょうも品川のほうから来て、お茶だけ飲んですぐに帰るなんて」

話しているところへ、若い男と入れ替わるように、街道から風呂敷包みを背負った乙次郎が門前通りに入った。仕事の帰りのようだ。お千佳が声をかけるより早く乙次郎のほうから、

「いまここで話してたの、笠の前を上げていたから面《つら》が見えたぜ。ありゃあ、まえの鳴海屋のせがれ……ほれ、兵輔じゃねえのかい」

「まえの鳴海屋さん?」

お千佳が首をかしげたのへ杢之助は、

(やはり)

確信し、乙次郎に、

「ほう。十年めえの面影《おもかげ》、残ってたかい」

「ああ。きのうも見かけ、年格好からそうじゃねえかと思うたが、笠をかぶっていたから確信できなかったのよ。じゃが、さっきははっきり見えた。間違《まちげ》えねえ。ありゃあ兵輔だ」

「儂もおめえさんから十年めえの話を聞いていたから、そうじゃねえかと思うたの

よ。そうかい、おめえさんが言うなら間違《まちげ》えねえ」

お千佳にはなんのことか分からない。

乙次郎が自問するように言った。

「十年めえ行方知れずになったせがれが、生きて戻って来た……？　それがなんで顔を隠してやがる……？　それにいまも鳴海屋まで行かず、ここの茶店の縁台だけで帰《けえ》る……？」

「それは儂のほうから訊きてえぜ。なにやらこの動き、係り合う人らすべてが、おもてにしたくねえように見えねえかい」

「ま、そう言われればそのように……」

乙次郎もいくらか首をかしげ肯是《こうぜ》する。

杢之助はつづけた。

「つまりだ、いまの鳴海屋の巳之助どんとお松さん夫婦、それにまえの鳴海屋の奉公人だったお人、さっきおめえさんが確かめなすった十年めえの兵輔どん……。この人らがどう係り合《お》うているのかが分からねえ」

「わしだって分からねえさ」

「だからよ、この話、しばらく儂らの胸の内に収め、うわさにはしねえことにしようじゃねえか。おもてになりゃあ、係り合うお人らにどんな迷惑、というより、災難がかかるか分からねえからなあ」

「ああ、そういう意味でかい。それが一番無難かも知れねえなあ。それにしてもあの人ら、どう絡み合っているのだろう……」

「ま、気になるなら、お互い見たり聞いたりしたことがありゃあ、それをここで話し合おう。お千佳坊も、そう頼むぜ」

「頼むと言われても、さっきからあたし、なんのことやらさっぱり……」

「ま、これに関わる話なら、すぐにも耳に入って来ようよ。そのときゃあ聞き役にまわって、聞いた話をまた番小屋で聞かせてくんねえ」

「は、はい」

お千佳の返事を背に、杢之助は木戸番小屋に戻り、よろず行商の乙次郎は坂上のほうへ戻って行った。これでお千佳は鳴海屋に関わる話を縁台に座った客から聞いても、自分のほうから話すことはないだろう。乙次郎もこれに関しては、木戸番小屋以外では口をつぐむだろう。

杢之助は木戸番小屋に戻った。

腰高障子は開け放している。

まだ外の動きが見える。秋場の陽が落ちると、急速に暗くなる。その時間が近づいている。

李之助は部屋の中で一人、波の音を聞きながら凝《じ》っと外を見つめ、

(役者がそろうたな。いまの鳴海屋夫婦とまえの鳴海屋のせがれ兵輔と、十年めえの奉公人だった男だ。どんな絡み合いか知らねえが、放ってはおけねえようだ)

胸中に念じた。

さきほど日向亭の縁台で茶をすすった若い男、まえの鳴海屋のせがれ兵輔だ。そのふところに匕首《あいくち》が隠されているらしいのを、李之助は見逃していなかった。ということは、巳之助もそこまで思いつめ、その用意までしているのかも知れない……。

(おめえさんら、どう絡み合《お》うていなさる。刃物などに手をかけりゃ、すぐさまお役人が駈けつけることになりやすぜ。そんなこと儂も困るが、おめえさんらも決して望んじゃいめえよ……)

陽はまだ落ちていない。門前通りにも街道にも、人の気配はある。

李之助は念じた。

(さあ、おめえさんら。どう動きなさる)

# 目の前の事実

## 一

　向かいの日向亭《ひゅうがてい》ではお千佳《ちか》がすでに縁台をかたづけ、あるじの翔右衛門《しょうえもん》が出て来て暖簾《のれん》をかたづけようとしている。

　まだ明るさはあるが、この時分に茶店の縁台に腰を落ち着け、茶を飲もうかという客はいない。

　木戸番小屋の中から外の動きはよく見える。

　この日、縁台の最後の客は、

（そうかい。乙次郎《おとじろう》どん、いい話をしてくれたぜ。やはりあの若い者《の》は、まえの鳴海屋のせがれだったかい）

　と、杢之助が胸中につぶやいたように、ことし二十歳《はたち》の兵輔《ひょうすけ》だった。日向亭の縁台に座ったものの、湯呑みにひと口つけただけで帰った奇妙な所作《しょさ》が、

（――今宵《こよい》、大きく動くかも知れねえ）

杢之助に勘働《かんばたら》きをさせていた。

いま、灯《あか》りをつけていない木戸番小屋から、外を見つめている。

（おめえさんら、動くなら早《はよ》う動きなせえ）

胸中に念じた。

それに応《こた》えたわけでもなかろうが、

「おっ」

杢之助は低く声を洩らした。

巳之助《みのすけ》たちとまえの鳴海屋で同僚だった男が、泉岳寺門前町の坂道を下りて来た。坂の中ほどの枝道を入ったところに暖簾を出している、いまの鳴海屋に行っていたはずだが、長居はしなかったようだ。さほど揉《も》めなかったのだろう。

夕刻に近かったせいか、鳴海屋の向かいに位置する小間物屋のおかみさんは、その男が鳴海屋に入ったのに気がつかなかったのかも知れない。話し合ったとおりに木戸番小屋に駈けつけて来なかったことから、町役総代の門竹庵細兵衛にも報《しら》せは行っていないだろう。

（よしっ）

と、杢之助にとっては、そのほうが好都合だった。

ここに登場した、いまの鳴海屋のあるじ巳之助と女房のお松《まつ》、まえの鳴海屋で同僚だった男、それにまえの鳴海屋のせがれでことし二十歳と若い兵輔の三者が、どのように絡み合っているのか……。それがまだ分からない。分かっているのは、いずれも身近な顔触ればかりということだ。だからいっそう事態は根が深いことが予想される。

（こっちも用心深く……）

胸中に念じ、素早く下駄をつっかけ敷居を外にまたごうとして、

（ん？）

その足をとめた。

向かいの日向亭の前ではお千佳がすでに縁台を抱えて屋内に入り、暖簾を下げようとしているあるじの翔右衛門だけが往還にいた。その翔右衛門が、

「あ、もうし。そなた」

と、その男に声をかけたのだ。

「以前、まえの鳴海屋さんにいた、帳付《ちょうづ》けの壱郎治《いちろうじ》どんじゃないかね」

聞こえる。

(翔右衛門旦那が知っていなさるお人⁉)

と、杢之助は三和土《たたき》に足をとめたまま、おもてのようすを凝視した。

翔右衛門から〝壱郎治〟と呼ばれた、かつて巳之助と同僚だった男は足をとめ、ふり返ったが、

「どちらさまか知りやせんが、人違いじゃござんせんでしょうか」

伝法《でんぽう》な言葉遣いだが鄭重に返し、軽く会釈《えしやく》までし、呼び止められたのを迷惑そうにすぐ向きを変え、街道へ出た。足の向きは、さきほど若い兵輔が帰ったのとおなじ品川方向に向いていた。

翔右衛門は茶店の前に立ったままその背を見送るように見つめ、首をひねっていた。

杢之助は番小屋の敷居から踏み出し、

「旦那。さっきのお人、ご存じなんですかい」

「ああ、存じるも存じないも。以前、鳴海屋さんに奉公していた壱郎治どんに間違いありません」

「でも、向こうさん、人違いだなどと聞こえやしたが」

「おかしいですよ」

と、翔右衛門は壱郎治の去った方向に視線をながし、また首をひねった。

日向亭の前は、翔右衛門と杢之助の立ち話の場となった。翔右衛門は折りたたんだ暖簾を手にしたままだ。

「もう十年前後になりますか。当時の鳴海屋さんで帳簿付けをしておりましてね。まじめで店の出納《すいとう》を任せるには打ってつけの人でしたよ。内仕事《うちしごと》の人でしたからめったに外には出て来ませんでしたが、顔は忘れません。日向亭《うち》の帳付けに欲しいくらいでしたから」

「それがなぜ、理由《わけ》の分からない返答を……」

翔右衛門は首をかしげ、

「そうそう」

と、話をつづけた。

「さっきの壱郎治どんが不意に鳴海屋さんからいなくなったとき、巳之助どんとお松さんもいなくなった。その巳之助どんとお松さんが一緒になり、おなじ町内で新たな鳴海屋さんを立ち上げなさった。手堅い商《あきな》いで、なによりなことです。さっき壱郎治どん、坂の上のほうから下りて来なさったが、巳之助どんたちの鳴海屋さんを訪ねていなさったのかなあ」

翔右衛門は、いままでも壱郎治が泉岳寺門前町に来ていたのには気づいていなかったようだ。お千佳は壱郎治をまったく知らず、翔右衛門とのあいだで話題にならなかったのだろう。壱郎治はまえの鳴海屋のとき内仕事でほとんど外に出なかったから、町の者は顔を覚えていないだろうと思い、兵輔のように笠で顔を隠したりはしなかったのかも知れない。

それをたまたま翔右衛門が見た。

杢之助は翔右衛門の目と記憶を信じた。翔右衛門が〝日向亭の帳簿付けに欲しいくらい〟と思っていた人材である。

「それを人違《ひとちげ》えだなどと、壱郎治どんとやら、なにを勘違《かんちげ》えしなすったんでやしょうかねえ」

「うーむ、名前を呼ばれて勘違い……？　おかしい」

翔右衛門はさらに首をかしげた。

そこへお千佳が出て来て、

「お茶、中に淹《い》れておきましたから」

と、玄関のほうを手で示した。

あたりは薄暗くなりかけている。

（まずい！）

李之助は思った。

この日のこの時分、李之助は鳴海屋にきっと動きがあるはずと、部屋に灯りをつけず外に気を配っていたのだ。そしていま往還で翔右衛門と立ち話をし、最近よく鳴海屋を訪ねて来る男が壱郎治という、かつての巳之助の同僚だとの貴重な証言を得ることができた。

きょうの残り時間は少ない。いま日向亭の屋内に入ってしまっては、外の動きが分からなくなる。李之助の予測では、このあとさらに鳴海屋に関わる動きが見られるはずなのだ。

「あ、すまねえ。この時分、木戸番人はおもてを見ていなくちゃならねえんで」

翔右衛門は李之助になにやら事情があると察したか、

「そうですよ、お千佳。木戸番さんの湯呑みは、番小屋のほうに」

その言葉で、李之助は日向亭の奥の部屋ではなく、お茶を待つように番小屋に戻ることができた。

すぐにお千佳が盆に湯呑みと急須《きゅうす》を載せ、炭火も一緒に持って来た。外はかなり薄暗くなり、部屋の中はもう物が見えにくくなっている。

「余計な手間をかけてしまったな」

李之助はお千佳に言いながら炭火を油皿に移した。

「いいえ」

と、お千佳はすぐに帰り、李之助は火の入った油皿を部屋の隅に押しやり、できるだけ外から中が見えないようにし、視線を開け放した障子戸の外にながした。

炭火を箱火鉢《はこひばち》の灰の中に押し込んだ。灯芯《とうしん》の火が消えたときの用心だ。火種がないとき、火打石《ひうちいし》で火をつけるなどひと苦労なのだ。その意味では、お千佳がお茶だけでなく炭火まで持って来たのは、きわめて気の利く行為なのだ。

お茶に口をつけてからすぐだった。

（そろそろ外も見えにくくなるぜ。動くなら早《はよ》う）

その思いが通じたのか、

（あれは！）

提灯《ちょうちん》を手にした人影が、急ぎ足で街道に出たところだった。鳴海屋巳之助だ。向かいの日向亭ではなく木戸番小屋のすぐ前を通ったから、品川のほうへ向かうのだろう。

「よしっ」

李之助は低く声に出し、油皿の火を吹き消すと、素早く下駄ではなくわらじの紐《ひも》をきつく結び、おもてに出た。念のため障子戸は閉めた。

街道に出ると、はたして品川方向に提灯の灯りがひとつ揺れている。

李之助は足を速めた。下駄でも音が立たないのだから、わらじではなおさらだ。相手はすぐうしろに迫られても、気配すら感じないだろう。

提灯は速足《はやあし》だ。李之助はそれに合わせた。

町場を過ぎ、片側に民家はなくなって林となる。もう片方は海岸だ。かなり前方に、品川宿の灯りがかすかに浮かんでいる。昼間なら近くだが、夜の灯りは距離を感じさせる。

わずかな月明かりしかない。李之助は折りたたんだ提灯をふところに入れている。火の入った提灯の背後十数歩まで迫った。

揺れる灯りに浮かぶ影は、間違いなく鳴海屋巳之助だ。

気負い立っているのか、背に尋常ではない息遣いが感じられる。

その十数歩前方に、もうひとつ提灯の灯りが揺れている。

(壱郎治だな……。さきに帰《けえ》った兵輔が、そのまま品川のねぐらに戻ったなどありえねえ。近くに潜《ひそ》んでやがるか)

と、李之助は速足に歩を踏みながら頭の中を整理し、

(役者がそろったな。このあと何がどう展開しやがる)

瞬時に飛び出せる態勢に、腰を低めて歩を進めた。

目の前ではなく、前のほうの提灯に動きがあった。

声も聞こえた。

「わっ、なにやつ⁉」

壱郎治の声だ。

同時に李之助の目は、鳴海屋巳之助の面前に黒い影が動くのと、さらにその壱郎治のさきに、もうひとつの影が飛びかかったのを捉《とら》えた。兵輔だ。

李之助は事態を解した。待ち伏せていた兵輔とあとを追った巳之助が、前後から壱郎治に襲いかかったのだ。両名とも刃物を手にしているはずだ。街道でのこの場所は、ふたりでまえもって決めていたのだろう。

李之助の捉えたのは、提灯に浮かぶ影の動きだけで、

(なぜ⁉)

そこまでは分からない。

ともかく、

らない。

——殺《や》らせちゃいかん!!

この場所で殺しがあれば、杢之助の木戸番小屋が役人の詰所《つめしょ》になる。避けねばならない。

それら三つの影が動いたのと同時に近かった。

「なにやつ！　よさんか!!」

杢之助の身は、大きな声とともに地を蹴り影の動きのなかに飛び込んだ。影たちの顔触れは分かっている。躊躇《ちゅうちょ》はいらない。

前後から壱郎治を襲おうとしたふたつの影は転瞬《てんしゅん》動きをとめ、すぐに新たな動きを見せた。

(さすが!!)

杢之助は驚くより感心した。

なんと鳴海屋巳之助と若い兵輔は、声の主が木戸番人の杢之助と気づいたか瞬時に声をかけ合い、街道わきの林間と海側の草むらに飛び込んだではないか。

杢之助はその場に走り込み、腰を落とし身構えた。

壱郎治がひとり、火の入った提灯を手にしたまま、その場に突っ立っている。その第一声が、

「おお、泉岳寺門前町の木戸番さん！」

壱郎治は、杢之助のことを町内で見かけ、木戸番だと知っていたようだ。

杢之助の飛び入りに、壱郎治は言った。

「物盗《ものと》りのようだ。得体の知れぬ二人組が襲ってきた。いま、おまえさんの声で、向こうへ逃げて行った」

と、品川のほうを手で示した。

「……!?」

その言葉に杢之助は瞬時混乱したが、すぐに解した。

（こやつら、襲ったほうも襲われたほうも、あくまで揉め事を部外に隠そうとしているっ）

そこは三人とも一致しているようだ。

（よしっ）

杢之助はとっさに判断し、三人に合わせることにした。

巳之助と兵輔は、遠くへ身を隠す余裕はなかったはずだ。すぐ近く、声の聞こえる範囲に潜んでいよう。

杢之助は眼前の壱郎治に言った。

「危《あぶ》ねえ危ねえ。暗くなったとき、街道にもときおり見まわりに出やすが、きょうはほんに出てよござんした。よく聞くんでさあ、街道に物盗りが出たって」

「さようですかい。それは助かりました。さっきの人影、幾人か分かりませんが、きっとそれに違いありません。木戸番さんの声がするなり手際《てぎわ》よく品川のほうへ一《いち》目散《もくさん》でしたよ」

会話は巳之助と兵輔にも聞こえているはずだ。杢之助もふたりに聞こえるように話している。壱郎治もそうしているようだ。いま殺されかけていたのに、

（こやつら、いってえなにを思い、どう絡んでいやがる）

と、話しながらも杢之助の脳裡はまとまりがつかなかった。

いま確実に推測できるのは、壱郎治が日向亭の翔右衛門に名を呼ばれてもそれを否定したのは、

（この町に自分が出入りしているのを、他人《ひと》に知られたくないからだろう）

ということと、その壱郎治を鳴海屋巳之助と兵輔が、示し合わせて襲ったことのみである。

杢之助はなおも話を壱郎治に合わせ、

「一度逃げた賊《ぞく》は、もう襲って来ねえと思いやすが、念のためでさあ。ほれ、そこ

の品川宿の手前まで送って行きやしょう」

と、ふところから提灯を取り出し壱郎治の提灯から火をもらい、ふたつの提灯で明るくなったなかに、品川の灯りに向かって歩を進めた。杢之助がこのまま帰ればまた襲われるかも知れないところ、壱郎治にはありがたかったろう。

一方、林と草むらのなかの巳之助と兵輔は、自分たちが木戸番人に気づかれず、壱郎治が杢之助に物盗りと証言してくれたことに安堵《あんど》していることだろう。さらに杢之助が品川宿の入口あたりまで壱郎治につき添い、現場を離れてくれたことにもホッとし、消えた提灯を手に街道に出てふたつの灯りを見送り、用心深く門前町へ歩を返したことだろう。

杢之助は壱郎治と肩をならべ品川宿に向かいながら、そうした巳之助と兵輔の動きを背に感じ取っていた。

だが、

（この展開はいってえ!?　三人はどう係り合っているんでえ⁇）

杢之助の脳裡はますます混乱した。


その日も杢之助は、なにごともなかったように拍子木《ひょうしぎ》を打ちながら火の用心の夜まわりに出た。鳴海屋のまわりもいつものとおりにまわったが、屋内が混乱しているようすはなかった。壱郎治殺害は失敗だったが、杢之助の打つ拍子木の音と火の用心の口上《こうじょう》を、にんまりとしながら聞いていることだろう。

杢之助に想像できるのは、いまはそこまでだった。

実際、そのとおりだった。屋内では巳之助とお松が、杢之助の打つ拍子木の音を聞きながら、

「ともかく驚いた。いきなり木戸番の声だからなあ」

「でも素早く暗闇の林に逃げ込み、顔を見られなかったのはよかったですよう」

と、話し合っていた。

兵輔は品川方面の、いずれかのねぐらに向かったようだ。やはり木戸番人に顔を見られず、気づかれもしなかったであろうことに、にんまりとしていることだろう。

二

翌朝である。

杢之助の開けた泉岳寺門前町の木戸から、いつもの朝の物売りが入って来て触売《ふれうり》

の声をながす。

それら棒手振《ぼてふり》たちの声を聞きながら杢之助は、

(あの三人、きょうまたなんらかの動きを見せるはずだ。さあ、なにをどう見せてくれる。楽しみにしてるぜ)

胸中につぶやいた。

さっそく動きはあった。

棒手振たちの声が遠ざかり、町内の朝の喧騒《けんそう》に一段落つき、街道まで出て木戸の近くを竹ぼうきで掃《は》いていたところへ、

「やあ、木戸番さん。きょうも朝早くから精が出ますねえ」

と、鳴海屋巳之助が声をかけてきた。

(おっ、さっそく)

杢之助はその早さに軽い驚きを感じ、即座にその意図を解し、

「これは鳴海屋さんこそ。こうも早《はよ》うにお出かけですかい」

愛想よく返した。

巳之助と兵輔は、昨夜の杢之助と壱郎治のやりとりから、杢之助が自分たちの存在に気づいたようすはなかったと解釈した。

だが心配だ。念のため、ほんとうに気づかれていないかどうか、確認に来たのに違いない。

その気持ちは分かる。なに喰《く》わぬ杢之助の応対ぶりに、巳之助の表情はホッとしたようにゆるんだ。気づかれていなかったと確信した瞬間だ。

杢之助もまたそれによって、気づいていることに気づかれていないことが確認できた。

双方ともこの上ない、やわらいだ雰囲気になった。

ふたりは門前町の通りから一歩街道に出たところで立ち話のかたちになっている。杢之助は竹ぼうきを手にしたままだ。街道を行く者の目には、町場の者の立ち話と映り、町内の者が見ても、町の商家の者と木戸番人の軽い朝の挨拶くらいにしか見えないだろう。

しかし、両名の胸中の思いは軽くない。鳴海屋巳之助は向後《こうご》の杢之助の動きから、つぎに壱郎治を狙う機会を算段しようとするはずだ。杢之助はそれがなにゆえの殺しなのか、探らなければならない。

鳴海屋巳之助は言う。

「なあに、私は木戸番さんと違《ちご》うて仕事じゃなく、ちょいと朝の散歩にと思いましてな」

「それはよござんす。街道の朝の潮風は清々《すがすが》しく、ぶらりと歩くだけでも心が洗われまさあ」

と、どちらも昨夜のことはおくびにも出さない。巳之助の表情に安堵の色がさらに深まった。

（もう一歩）

杢之助は思い、

「そうそう。散歩は朝か午間《ひるま》に限りまさあ」

と、切り出した。

「……ん？」

「いえね、きのうでやしたよ。品川宿のお人が、暗くなってから街道を帰《けえ》っておりやしたらね」

「えっ」

杢之助はつづける。

「たまたま儂《わし》が見まわりに出たときでさあ。物盗りが出ましてな。たぶん刃物で脅《おど》そうとしたんでやしょう。儂ゃ驚いて大声を上げやしたよ。賊も驚いたのか、それだけで品川のほうへ逃げて行きやしてね」

昨夜壱郎治が巳之助たちに聞こえるように話したとおり、杢之助はそれを事実として語った。

巳之助は乗ってきた。

「そんなことが！　で、襲われたのはどこのどなたで!!」

杢之助は返す。

「それが、近ごろこの町でもよく見かけるお人で。夜は気をつけなせえと言っておきやしたから、もうあんな時刻、街道に出たりはしなさらんじゃろ。儂もとっさに声を出したのじゃが、いま思えば、くわばらくわばらですわい」

「それはようございましたなあ。そんな物騒な話を聞いたからには、きょうの散歩はここまでにして、朝の清々しいうちに引き揚げましょう」

「そうしなさるか。もっとも追剝《おいはぎ》が出るのは陽が落ちてからでやすが。ま、旦那は仕事がお忙しいでやしょうからねえ」

と、立ち話はそこまでだった。

上り坂をお店《たな》に戻る巳之助の背は、大きな荷を降ろしたように見えた。杢之助もまた、警戒されずに三人の絡み合いに探りを入れる環境がととのったのだ。兵輔はいつのまにか品川あたりのねぐらに戻り、いま泉岳寺門前町にはいないようだ。

壱郎治も品川にねぐらを置いているようだが、その町場は港もあって広くて人も多く、敵対するふたりが暮らしていてもなんら不思議はない。互いに相手を監視するためには、そのほうがかえっていいかも知れない。だが、双方とも気が休まらないだろう。

坂道に鳴海屋巳之助の背を見送ったあと、杢之助は自分もそのまま坂道を上り、泉岳寺門前の門竹庵細兵衛を訪《たず》ね、

（十年めえの鳴海屋といまの鳴海屋の話を、もっと詳しく聞こうか）

思ったが、

（いや。問えば話を大きくしてしまい、かえって収めにくくなる）

と、踏み出そうとした足をとめた。これからの動きは、巳之助、兵輔と壱郎治のせめぎ合いになるだろうが、というよりすでになっているようだが、

（この番小屋が、あの人らの中継《なかつ》ぎの場となりそうな……）

その感触を強く得ている。

（ならば番小屋《ここ》でまとめられりゃ、それに越したことはない）

念じ、竹ぼうきを手に番小屋へ戻ろうとすると、

「さっき鳴海屋の巳之助旦那が来ていなさったようじゃが、こんなに早く、またなんの用でしたじゃ」

日向亭から翔右衛門が出て来て、声をかけられた。

さきほど、町役たちを巻き込まず、番小屋で人知れず収めるのが一番と決めたばかりだ。

(それがあやつら三人のためにもなろうか)

と、思っている。

巳之助も兵輔も壱郎治も、現在《いま》まさに進捗《しんちょく》している揉め事を、周囲に知られまいとしている。それが殺しをともなう内容であれば、なおさらだろう。そこに杢之助はまた合わせたのだ。

翔右衛門の声にふり返り、

「いや、用なんかじゃありやせん。あの旦那も酔狂なお方で、朝の散歩だなどと、あはは」

と、杢之助は立ち話のかたちはとらず、番小屋の敷居をまたごうとする。

「それはそれは、ほんに酔狂な」

と、翔右衛門も日向亭の暖簾に戻った。

すり切れ畳の上にひとりあぐらを組み、絶え間ない波の音に包まれる。

念じた。

(巳之助旦那、さっきは物足りなかったぜ。また来なせえ。壱郎治どんも兵輔どんも、番小屋《ここ》に来ていろいろと話していきなせえ)

その環境はととのっているのだ。三人とも昨夜の一件の顔ぶれに、杢之助が壱郎治以外まったく気づいていないと思っているのだ。

(そういうおめえさんらだから、やりやすいんじゃねえ。逆に恐ろしいのよ。思い込みひとつで、なにするか分からねえからなあ)

と、波の音に思いを馳《は》せ、これからどう展開するか分からない事態に、ブルルと身を震わせた。


午《ひる》すこし前だった。

「木戸番さん、ちょいとお邪魔しますぜ」

と、開けたままの障子戸の敷居をまたいだのは、なんと若手の兵輔だった。街道から直接番小屋に足を向けたようだ。

「おう、おめえさんかい。入《へえ》んねえ」

李之助は手ですり切れ畳を示し、頭を回転させた。

兵輔が来た目的は分かる。巳之助と同様、昨夜の件で李之助が本当に自分たちに気がついていないかどうかを確かめに来たのだろう。

(だが、みょうだ)

ひと晩ひとりで考え気になったのなら、直接番小屋に来るのではなく、まず鳴海屋に巳之助を訪ね、木戸番小屋に探りを入れるかどうか相談するはずではないか。鳴海屋巳之助はすでに来ているのだ。だが兵輔は、街道から直接番小屋に来た。鳴海屋には行っていないようだ。

(ふたりはどこまでつるんでいるのか。昨夜は確かにつるんでいたが)

李之助は兵輔の顔に視線を集中した。

昨夜の件などなかったかのような李之助の表情に、兵輔は安心したか、

「へえ、お言葉に甘えさせてもらって」

と、すり切れ畳に腰を下ろし、上体を李之助のほうへねじった。その安堵の表情は、けさ来た鳴海屋巳之助とおなじだ。

李之助のほうから問いかけた。

「おめえさん、近ごろこの町でよく見かけるが、番小屋《ここ》に顔を出すなんざ、儂にな

にか用でも……？」

意地悪な質問だ。用件など言えるはずがない。

案の定、

「い、いえ。ちょいと、ご府内のほうへ……」

腰を上げ、

「おじゃましました」

入ったばかりの敷居を外にまたぎ、泉岳寺門前町の坂道ではなく、言ったとおり街道に出て江戸府内のほうへ向かった。泉岳寺門前町の木戸番小屋は、品川宿よりも大木戸寄りだが、来た目的を、

（自分は自分なりに、ここの木戸番人のようすを見に来た）

と、言っているようなものだった。芸のないのは若いからだろう。

その兵輔が伝法な口調でないのが、杢之助をいくらか安心させた。

（遊び人の渡世《とせい》を踏まず、やがては商人に……）

それを感じさせたからだ。

それにしても、

（ますますみょうだ）

昨夜はあんなふうにつるんでいた鳴海屋巳之助を訪ねず、江戸府内に向け去って行った。

(鳴海屋の巳之助と若い兵輔、見るからに歳が倍ほど異なるが、それで一枚岩《いちまいいわ》じゃなかったのか。それだけ歳が異なれば、巳之助が主《しゅ》で兵輔が従《じゅう》となり、かえって組みやすかろうに)

波の音に包まれ、思われてくる。

(兵輔は巳之助に訊《たず》ねようとせず、ひとりで番小屋《こご》に来た。心の奥底では、巳之助を信用していないのか)

そのふたりがひとつの殺しをしようとしている。

(分からねえ)

杢之助は首をひねり、

(やはり、まえの鳴海屋といまの鳴海屋に、なにやらあるのか)

思い、ひときわ大きな波の音のあと、腰を上げた。

あまり大げさにならないよう、町役には知らせず番小屋だけで解決を……と、一度は思ったのだが、

(やはり儂ひとりでは、難しいか)

考えなおし、ふたたび坂上の門竹庵細兵衛を訪ねようとした。

「お千佳坊、また留守を頼まあ」

下駄のつまさきを坂上に向けて言うと、縁台の横でお千佳は、

「あら、また坂上の町役さんですか。ここんとこ、なにかあったのですか。ともかくごゆっくり」

杢之助がここ数日落ち着かないのを、お千佳は感じ取っているようだ。

（いけねえいけねえ、お千佳坊に勘づかれるようじゃ）

思いながら坂上に歩を踏んだ。


門竹庵では、また奥の作業部屋で細兵衛と仕事台をはさんで座すかたちになった。お絹がおもての店場で客の応対をしているのはさいわいだった。客は町内のおかみさんふたりで、商用もさりながら世間話に花が咲いているようだ。作業部屋には、ほかに職人がふたり、黙々と竹を割り、あるいは削っている。

細兵衛に訊いても、このあいだ以上の話は聞けなかった。しかも巳之助とお松の夫婦が、まえの〝鳴海屋〟の屋号を消えたままにしておくのは忍びないと、いまの〝鳴海屋〟を新たに立ち上げ、古着商いを始めたことに町の者は一目置いており、

細兵衛も、

「巳之助さんとお松さん、よくやりなすった。あれには私も感心しましたよ」

と、屋号の引継ぎには乙次郎とおなじようなことを言う。

そばで聞いていた職人たちも、手を動かしながらうなずいているようだった。

結局、収穫はなかった。だからといって昨夜の話をするわけにはいかない。こればかりは木戸番小屋だけで解決したいのだ。

門竹庵細兵衛はふたたび言った。

「木戸番さん、もう十年もまえのことですよ。おまえさんに願いたいのは、現在《いま》の鳴海屋さんに揉め事などなく、泉岳寺門前町の穏やかならんことさね」

もっともな意見に杢之助は、

「そりゃあそうでやすが……」

応えざるを得ない。

足元に用心しながら、

(ますます分からなくなったぜ)

思いながら、また坂道を下る。

(細兵衛旦那、やはり何か知っていて隠していなさるのでは……)

思えてくる。

念じるだけでなく、口の中でつぶやいた。

「乙次郎どん、隠し事などなしにしてくんねえ。仕事のあいまに来なせえ。話していきなせえ」

もう、木戸番小屋の前だった。

「お帰りなさい。お客さん、ありませんでしたよ」

お千佳の明るい声だ。

三

ふたたびすり切れ畳の上で、ひとり波の音に包まれる。

(壱郎治どん、また来《こ》ねえかい……。さあ、来《き》なせえ)

波の音を押し返すほど、強烈に思われてくる。

壱郎治なら巳之助、兵輔とは逆で、殺されかけた側である。そこを杢之助はたまたま出くわしたように助けた。

巳之助と兵輔は、杢之助をどこにでもいるただの木戸番人と見なしているが、壱郎治は杢之助に命を助けられたのだ。巳之助や兵輔と異なる眼で杢之助を見ているはずだ。

あるいは、あのときの杢之助が還暦に近いとは思えない素早い所作を見せ、とっさに話を合わせた機転の鋭《するど》さに、気づいているかも知れない。

その壱郎治が来れば、

(仰天《ぎょうてん》するような事実が、語られるかも知れない)

杢之助の願望は、すでに期待となっている。

かなえられた。仰天するような事実を持って来たかどうかはともかく、壱郎治が木戸番小屋に訪《おとな》いの声を入れたのだ。

巳之助と兵輔の時を違《たが》えた訪いから、中二日を置いた三日目の夕刻だった。夕刻といってもすでに外を歩くには提灯が必要となったころ合いだ。

この時分なら往来に人通りもなく、木戸番小屋を訪ねる者があってもお千佳はむろん見ている者はおらず、午間《ひるま》は開け放している障子戸は閉められ、灯りがついていても客人が来ているかどうか外からは分からない。

「木戸番さん、いなさるかい」

と、閉めた障子戸の外にその声を聞くなり杢之助は腰を奥に引き、来客をすり切れ畳に上げる姿勢をとった。

障子戸が開くと、はたして待っていた壱郎治だった。

「その後どうしなすってた。心配してやしたぜ」

「そのことで、ちょいと」

壱郎治は返しながら敷居をまたぎ、うしろ手で障子戸を閉めた。顔には深刻さよりも笑みを浮かべている。その笑みが明らかに故意のものであり、それがかえって事態の深刻さをあらわしているように杢之助には見えた。

「さあ、こんな時分だ。そんなとこへ突っ立ってねえで、すり切れ畳だが上がんなせえ」

「へえ」

と、壱郎治は応じ、すり切れ畳に上がり、足をあぐらに組んだ。油皿の小さな炎が、人の動きに大きく揺れる。ふところに、折りたたんだ提灯が見えた。ちょいと立ち寄っての挨拶などではない。話し込む気で来たのは明らかだ。

「さあ、そんなものふところに入れたままじゃ、帰《けえ》りを急ぐようで落ち着かねえ。出して脇に置いときねえ」

「こりゃあどうも」

と、壱郎治は胸中を見透かされたような所作で提灯をふところから出し、脇に置いた。刃物は忍ばせていないようだ。好感が持てる。

杢之助は部屋の隅に置いた盆を引き寄せた。冬場で箱火鉢に常に湯を沸《わ》かしているときなら熱い茶を淹れられるが、いまは薬缶《やかん》に冷めた水《の》しか入っていない。湯呑みは二人分ある。このくらいの用意は木戸番小屋にもある。

「冷てえが、のどを湿《しめ》らすことくれえはできよう」

「へえ、木戸番さんにこんなことまで……、痛み入りまさあ」

と、壱郎治は恐縮の態《てい》で、湯呑みを口に運んだ。

その遠慮気味な所作に杢之助は、

(気づかれていたか)

感じるものがあり、軽い動悸《どうき》を覚えた。杢之助が壱郎治に会いたいと願っていたのは、それを確かめたかったからでもある。

壱郎治が〝賊〟に襲われたとき、杢之助が声を出し助けたのは、たまたまなどではない。声を出す最高の間合いを狙ったのだ。

しかも躊躇なく飛び込んで来たあの度胸……。襲いかかって来た二人の素性《すじょう》に気づいていた……？　だのに気づかなかったふりをするあの合わせ方の巧《たく》みさはい

ったい……、

（並みじゃない）

と、そこに壱郎治は気づいていた。

ならばこの三日間、泉岳寺門前町になにも起こらなかったのはなぜ……と、壱郎治はかえって落ち着かなかったことだろう。

杢之助が壱郎治、巳之助、兵輔の絡み合いの内容を知りたがっている以上に、壱郎治は泉岳寺門前町の杢之助という木戸番人が、いったいなにを考え、なんのために沈黙しているのか、気になっていたはずである。ようすを見に行こうと、幾度も腰を上げ、あるいは街道を木戸番小屋の近くまで来て、

（町内の古着屋のあるじと兵輔が、わしを殺そうと謀《はか》った。木戸番人はそこに気づいた。それなのに門前町に動きはなく、役人が出張《でば》るでもなく、平穏そのものだ。あの木戸番人の立ち位置はいったい……？）

疑念が脳裡に渦巻き、危険を感じてきびすを返したかも知れない。

杢之助はそこまで想像すると、

（事態はどうやら三者の絡み合いに儂まで入り、四者の絡み合いとなって、展開するか。ますます分からなくなっちまったぜ）

李之助の脳裡は、壱郎治の遠慮気味な所作からそこまで回転していた。

同時に思った。

(当面、この者と組む……?)

自然の成り行きかも知れない。

壱郎治は冷めた茶でのどを湿らせ、李之助に向かい落ち着いた口調で言った。

「わし以外に、木戸番さんのようすを探りに、じゃねえや……、見に来た者はいなかったかい」

それを問う壱郎治の脳裡には、鳴海屋巳之助と兵輔の面《つら》が浮かんでいることを、李之助は知っている。

そこに合わせ、李之助は言った。

「ありやしたぜ。あの日の翌日、しかも早朝と午前《ひるまえ》にひとりずつ別々によ。おなじことを訊きやがった。いまの鳴海屋のあるじ巳之助と、まえの鳴海屋のせがれで兵輔といったなあ」

「えっ、木戸番さん!　いったいどこまでご存じで!!」

一瞬壱郎治はあぐら居のまま上体をうしろに反《そ》らせ、すぐさま前面にかたむけ、李之助を凝視した。李之助は淡い灯芯一本の灯りのなかにも、壱郎治の困惑しているのを感じ取った。

　壱郎治は上体を前にかたむけたまま、杢之助の表情をのぞき込むような仕草になり、

「あのとき、わしを狙ったのは……」

「判っていたさ。兵輔もおめえさんも鳴海屋の巳之助どんも、一番怪しげな時刻に深刻そうな面《つら》で番小屋《こ》《こ》の前《めえ》を通って、順に街道《けえどう》へ出なすったからなあ。そんなのを見りゃあ、誰だってこりゃあなにかあると思いまさあ」

「それであとを尾《つ》けなすった？」

「案の定だった。あの展開よ。したが、分からねえ。おめえさんらの組み合わせがよう。なんで巳之助と兵輔が組んで、おめえさんに刃《やいば》を向ける。人ひとりを殺すなんざ、てめえの一生もそれで終わるかも知れねえ重大事だぜ。よほどのことがなけりゃあできるもんじゃねえ」

「木戸番さん！」

　と、壱郎治は上体を前にかたむけたまま、さらにひと膝まえにすり出た。

「わしらのこと、どこまでご存じで。さっき兵輔を〝まえの鳴海屋のせがれ〟とおつしゃいやしたが。それと、わしと巳之助の係り合いも……」

「ああ、聞いてるぜ。おめえさんと巳之助どんは、めえの鳴海屋の奉公人で同僚だったんだってなあ。巳之助どんの女房のお松さんも」

「そこまで」

「ああ。めえの鳴海屋のおやじは、ずいぶん人使《ひとづか》いの荒《あら》い人だったっていうじゃねえか」

「そのとおりで。名は七兵衛と申しやした。人使いが荒いのは七兵衛旦那だけじゃありやせん。おかみさんもで」

「ほう。それじゃ奉公人一同、気の休まることがなかったろうなあ」

「そりゃあもう……」

ここで話が途切れた。壱郎治は思い出しただけでも、緊張を覚えるものがあるようだ。杢之助はさきを急《せ》かさず、ふたたび壱郎治が話し出すのを待った。

油皿の灯芯一本の灯りのなかに、数呼吸の沈黙がながれ、波の音ばかりがことさら大きく聞こえた。

壱郎治は冷めたお茶でまたのどを湿らせ、

「なにもかも、順を追って話しまさあ。木戸番さん、命の恩人でやすからね。なにを話しても、悪いようにはならねえ気がしやすから」

言葉遣いにも伝法さが出て、親しい者どうしの会話になってきた。

李之助も上体を前にかたむけ、

「儂《わし》も乗りかかった船さね。聞かせてもらいやすぜ。町で殺しなんぞがあった日にゃあ、儂が一番迷惑すらあ。さあ」

ようやく李之助はさきを促した。

外はもうすっかり夜だ。壱郎治はくつろいだ姿勢に戻り、声を低めた。

「もとは、わしも巳之助どんもお松さんも、それに兵輔も、みんなおなじ被害者なんでさあ。もっとも兵輔は事情が異なりやすが」

「ふむ」

李之助はうなずいた。壱郎治は殺されかけたのだ。ならば開口一番、巳之助と兵輔への非難をまくし立ててもいいはずだ。ところが冷静に声を低め、最初の経緯《いきさつ》から話しはじめた。

(この分なら今宵、事態の全容が聞けそうだ)

李之助は確信した。数日まえの殺し未遂の現場を収めた作法が、壱郎治に李之助への畏敬《いけい》の念を植えつけたようだ。

実際、まえの鳴海屋は酷《ひど》かったようだ。うわさとして聞くのではなく、直接体験した者が語るのだから迫力があった。しかもあるじの七兵衛は、人使いが荒いだけではなかった。

　十年まえの話に、壱郎治はきのうのことのように声を詰まらせた。

「女中がひとり、奥の部屋で首をくくりやしてね」

「七兵衛が手をつけた……？」

　壱郎治が話しやすいように、誘いの言葉を入れた。杢之助にはそのさきが読めていた。

　壱郎治は無言でうなずくと大きく息を吸い、そのあとの言葉が途絶えた。

　杢之助がまた誘いの言葉を入れた。

「そのお女中、きっといい顔立ちだったのだろう。おめえさんと気が合っていた……？　自死したのも、そのためだった……？」

　壱郎治は無言でうなずき、ぼそりと言った。

「……末《すえ》を約束していた」

「うっ」

　これには杢之助も、すぐには言葉が出なかった。

　ひと息入れ、言った。

「そのとき、ご内儀はどうしてた」

「女中が主人に色目を使い、迷惑した……などと」

「ひでえ女だなあ。そんなところにおめえさんがいられねえのはもっともだ。おとなしく店を出るなんざ、無念じゃったろうなあ」

「おとなしく出たわけじゃねえ。わしゃあ、旦那とおかみさんを思いっきりなじった。そのあげく、出されたのさ」

「ふむ、悔しかったろうなあ」

「いまでも……。この十年、ずーっと」

「そうだろうなあ。そのお女中、あるじに殺されたも同然だからなあ」

「ああ、おかみさんも一緒になってなあ」

壱郎治はつとめて淡々としゃべっているが、声は肚《はら》から絞り出している。

杢之助は質《ただ》した。

「巳之助どんとお松さんも、おめえさんとおなじころ店を出たと聞くが、似たようなことがあったのかい」

「あった」

壱郎治は応えた。だがそのあとは無言で、数呼吸の間合いを取った。

杢之助は催促の声は入れず、あらためて壱郎治が話し始めるのを待った。

話し始めた。

「あっしが店を出たというより、おん出されてから……」

〝わし〟が〝あっし〟に変わった。話しながら壱郎治はさらに、杢之助に心を開いたようだ。

「半年もしねえうちだった。あの旦那の女狂いは、もう病気でさあ」

「ほう。七兵衛とやらがまた別の女中に手を出そうとした……？」

「さようで。それがお松さんだった。お松さんと巳之助ができていることは、あっしゃあ店にいるときから知っておりやした」

「ふむ」

「七兵衛旦那がお松さんを奥の部屋に連れ込もうとし、お松さんが騒いだ。それに気づいた巳之助どんが奥に走り、お松さんを連れ戻した。その日のうちでさあ、二人とも店を出されたのは」

「非道《ひで》え話だなあ」

「そう、非道え話で。そのときも店に残っている者から聞いたのでやすが、おかみさんはお松さんが旦那に言い寄り、そこへ手代の巳之助がしゃしゃり出て騒ぎになったなどと」

「鳴海屋の旦那もおかみさんも、まともじゃねえなあ」

「そのとおりで。まえの鳴海屋は旦那もおかみさんも、まともじゃありやせん」

壱郎治はひと息入れ、波の音にうながされるように、ふたたび話し始めた。

十年まえのかどわかし事件を、壱郎治はみずから話した。

「末を言い交わしていた女を犯され、死に追いやった恨みは消えやせん。じゃが、堪《こら》えに堪えやした。鳴海屋のガキのかどわかしは、それとは別物でさあ。悪気《わるぎ》は微《み》塵《じん》もなかった。本当なんで」

壱郎治は抑《おさ》えた声ながらも、語気を強めた。

「ふむ」

杢之助は得心のうなずきを返し、壱郎治に視線を合わせた。

壱郎治はその目に応じるように、話をつづける。

「人目《ひとめ》を惹《ひ》く事件を起こし、世間の関心を鳴海屋に向けさせ、その非道《ひど》さを知ってもらい、町内全体から鳴海屋七兵衛を糾弾《きゅうだん》してもらう。そのためのかどわかしでさあ。身代金も七兵衛旦那なら容易に出せる額を考えやした。したが、兵輔は十歳でお里は五歳でさあ。一人じゃできやせん」

李之助はうなずき、

「それでおなじように鳴海屋を出た巳之助どんとお松さんに声をかけた……？」

「さようで。会えばなつかしく、意気投合でやしたよ。七兵衛旦那とおかみさんにゃ、おなじ恨みを持っていやしたからね」

「三人でやろうということになった……？」

「そう」

壱郎治はうなずき、話をつづけた。

そこに語られた内容は、李之助がよろず商いの乙次郎から聞いた話と一致していた。乙次郎は話を脚色せず、正確に語っていたようだ。

だが壱郎治はこのとき、世間に語られていないことも話した。

「子供ふたりをうまく軟禁《なんきん》したものの、兵輔は十歳さね。姿は見られないようにしたものの、声までは隠せやせん。あっしら三人の素性を知られたようで。それよりも早く七兵衛旦那はあっしらの仕業《しわざ》と見抜き、その意図も知り、さっさと身代金を出しやした。人質ふたりは、解放せざるを得やせんでしたよ」

壱郎治はひと息入れ、さらに言う。

「あの旦那、大《てえ》したものでさあ。あとはかどわかし騒動などなかったかのように、お上《かみ》にも訴え出ず、まったくあっしら三人、肩透《かたす》かしでさあ。子供ふたりは遠くへ遊びに行って、道に迷っただけだ……などと」

「七兵衛旦那たあ、けっこうやり手のようだなあ」

「そう、そうなんで」

「悔しかったろうなあ」

「そりゃあ、もう……」

壱郎治は低い声を絞り出し、すぐにつづけた。

「したが、世間さまはありがてえもんでござんした。兵輔とお里が町の遊び仲間に真相を話し、町場でうわさが立ちやした。ありゃあ迷子なんかじゃねえ、確かにかどわかしだったと。しかも咎人はかつて鳴海屋に奉公していて、クビになった者に違《ちげ》えねえ。非道《ひで》えあるじ夫婦への報復だった……と」

「ほう、世間は鳴海屋に注目したんだな。おめえさんら三人の名も町の人の口に上ったろうなあ」

「注目されやした。なにもかも明らかになりやした。人使いの荒いことだけじゃのうて、あの男の女グセの悪いのは、ほとんど病気だと。そのとおりでやすよ。咎人についちゃ、もちろんあっしら三人の名も上がりやした。したが、どうってことはありやせん。ほかにもけっこういて、一日でおん出された者も合わせりゃあ、あのころの数年だけでも十本の指を全部使ってしまうほどでさあ」

「そりゃあ非道《ひで》え。で、どうなったい。それで終わったわけじゃねえだろう」

杢之助の念頭には、〝一家心中〟の話がある。

「そ、そのあとは……」

壱郎治は口ごもった。このあと出て来るのは、杢之助が最も疑念を抱《いだ》いている事件のはずである。

油皿の灯芯一本の灯りのなかに、杢之助は壱郎治の顔を見つめた。

ここまで語ったからには、このあとも、

(正直に話すだろう)

杢之助は期待した。

四

やはり、戸惑っているようだ。

「どうしなすったい。鳴海屋の内幕が世間にさらされ、あるじ夫婦は困惑したことじゃろう」

　李之助はこたびのやりとりで、はじめてさきをうながす問いを入れた。

「それが……、いえ」

　壱郎治はあいまいな応え方をし、

「そう、そうなんだ。商いは信用が落ちれば命取りになりまさあ。これは木戸番さんにも分かりやしょう」

「そりゃあ」

　不意に言った理屈に、李之助はうなずいた。

　壱郎治はつづけた。

「鳴海屋の評判は地に落ち、同時に信用もなくなり、古着や古道具の買い付けは遠くへ行きゃあできても、近辺で買いに来る客はいなくなり、奉公人もクビにされるよりもひとりふたりとみずから去り、とうとう飯炊きの婆さんと小僧のふたりだけに……」

「なるほど。商いに行き詰まったかい」

　李之助は返す。ここまでは乙次郎からも聞いたとおりだ。

　李之助はつぎの言葉を待った。

壱郎治は言う。

「うわさに聞いたのでやすが、七兵衛旦那め、商いがうまくいかなくなったのは、いい奉公人に恵まれないからだ……などと」

「そりゃあ非道《ひで》え話じゃやねえか。もとの奉公人たちゃ、腹を立てたろう。おめえさんや巳之助どんたちも。とくにおめえさんは末を約束した女を……、その悪徳旦那に殺されたようなもんだからなあ」

「そのとおりで。忘れるもんじゃやござんせん」

そんな思いのなかに、七兵衛の反省のない身勝手なようすが起爆剤となり、抑《おさ》えていた恨みと無念さを燃え立たせたとしても不思議はない。

だが壱郎治は、激しい怒りをあらわにすることはなかった。明らかに、懸命に抑えている。

杢之助はつづけた。

「巳之助どんとお松さんもなあ。悪徳旦那にゃ、この上なく腹を立てているだろうなあ」

「そりゃあもちろん。したが、あのあと、ふたりが一緒になったのは、予想はしていやしたが、まあ、うらやましゅうござんした。そのあとのことも」

「そのあとのこと？」

すかさず問い返した。

瞬時、壱郎治の表情が強張《こわば》った。

だが、すぐに言った。

「ともかく十年めえ、いろいろありやしたから」

李之助は問いをもとに戻した。

「町の古い住人から聞いたのだが、まえの鳴海屋、一家心中だって？」

「そう、それでさあ。ありゃあどう見ても、一家心中でさあ。一家で首を吊ったそうでやすから」

乗ってきた。しかも〝どう見ても〟と、直接見たように表現し、そのすぐあとに〝首を吊ったそうで〟と、伝聞《でんぶん》のように言う。この矛盾に当人は気づいていないようだ。それに縊死《いし》は、壱郎治と言い交わした女とおなじ死に方だ。

李之助は確信に近いものを得た。首を絞めて殺し、そのあと吊れば、検死の役人は縊死と間違うことを李之助は知っている。

また、これも一人でできるものではない。

（このときも巳之助とお松が……）

当時五歳のお里まで……。

（現場を見られ、それでやむなく……）

想像した。

問いをつづけた。

「まえのかどわかしのことがあらあ。おめえさんら、まわりのお人らから疑われなかったかい」

「そりゃあ、あっしらは元奉公人でやすからねえ。なんだかんだと言う者もいたそうですが、ありゃあ自死《じし》に間違《まちげ》えありやせん」

壱郎治は強調し、言葉をつづけた。

「巳之助どんがお松さんと一緒になって古着の店を起こしたとき、場所は違ってもおなじ町内で屋号を〝鳴海屋〟としたのは、世間に対して鳴海屋の名を絶やしてはもったいないからと言っておりやした。あっしもまあ、その屋号にゃ賛成しやしたよ。案の定、世間はまえの鳴海屋はあくまで一家心中で、かつての奉公人が関わったものじゃないと認識しやしたからねえ。しかも元奉公人が消えた〝鳴海屋〟の名を惜しみ、自分の起こした店にその名を付けるとは……と、感心されやしてね。それでいまの鳴海屋は、まえの鳴海屋ほどじゃありやせんが、まわりに支えられ、なんとかいままで堅実な商いをつづけてきていまさあ」

壱郎治はここでも〝案の定〟と表現した。李之助はその表現が、〝鳴海屋〟の屋号の継承が世間の疑いの目をそらすためだったことを証明しているように感じ取っていた。

壱郎治はそこに気づいていないようだ。もっとも李之助は、まえの鳴海屋が一家心中をはかったのを信じているような顔をして、壱郎治の話を聞いているのだ。

その表情のまま、李之助はつづけた。

「聞いた話じゃが、せがれの遺体がなく、どこかで生きているかも知れねえってうわさが立ったそうじゃねえか。だとしたら一家心中じゃなくなり、不幸中のさいわいということにはならなかったのかい」

「そのうわさ、あっしも当時聞きやした。したが、十歳でやすよ。親や妹の死になにか不審な点がありゃあ、いずれかで話し、役人が乗り出していまさあ。それがなかったんだから、やはりありゃあ心中に間違《まちげ》えありやせん。せがれが生きているかどうかは別として」

と、ここでも壱郎治は自死に話を結びつける。

（ま、それはそれでいいが）

李之助は思い、ようやく本題に入った。壱郎治にとってもそれは、きょう李之助を訪ねた目的のはずである。

「分からねえ。先日、おめえさんを襲ったふたりなあ」

「へえ。あのときゃうまく合わせてもらい、ありがとうござんした」

「ほっ。儂がおめえさんに合わせたって、気づいていなすったかい」

「そりゃあ、もう。でやすから、きょうこんな時分にこうして参上しやしたしだいでさあ」

「そうかい。気づいていたかい。そんなら話もしやすい」

「あっしもで」

壱郎治は李之助を警戒するより、その逆でますます親しみを覚えたようだ。それは、話しやすい伝法な言葉遣いが増えたことからも分かる。李之助はそれも感じ取っていた。

そのうえで李之助は話す。

「いまこの時点で言えることは、巳之助も兵輔も、まだ儂が壱郎治どん、おめえさんに合わせたことに気づいちゃいねえってことだ。その点、やりやすいぜ。ともかくこの町で、人殺しはさせねえ。それが泉岳寺門前町の木戸番人の仕事だ。そのためにもおめえさんらがどう絡み合っているか、それを知らなきゃ儂としちゃあ動きが取れねえからなあ」

「分かりやした。あっしが今宵ここへ来やしたのは、巳之助と兵輔の動きを知るためでさあ。なるほど木戸番さん、仲裁に入《へえ》るも入らねえも、あっしらの絡み合いを知らなきゃなんねえ。話しまさあ」

「ふむ。聞こう」

「へえ」

と、壱郎治は冷めている湯呑みを口に運び、ふたたび大きく息を吸った。杢之助にとっても壱郎治にとっても、今宵の話はいよいよ佳境《かきょう》に入ったようだ。これまで忘れていた波の音が、ふたたびふたりの耳に聞こえる。そのなかに壱郎治があらためて話そうとすると、

「おっと待ってくんねえ」

杢之助は話そうとする壱郎治を手で制し、

「えっ」

と、首をかしげる壱郎治に言った。

「きょう一回目の火の用心に出る時分だ。一日ぐらい休んでも問題はねえが、こん

な込み入った話をしているときだからこそ、まわりからみょうに勘ぐられねえように、いつもどおりにまわっておきてえ」

「さすが泉岳寺門前町の木戸番さん、律儀《りちぎ》なことで」

「ま、それが木戸番人さ」

と、杢之助は〝泉岳寺門前町〟と町名の墨書《すみがき》された提灯に火を入れながら、

「町内をまわっているときゃ、番小屋《こや》は灯りを消し無人にならあ。点《つ》いているとけえっておかしい。おめえさん、提灯を持たずに夜まわりについて来《き》ねえ」

「それはおもしろそうで」

壱郎治は腰を浮かした。

「朝晩の木戸の開け閉めと、夜二回の夜まわりが、木戸番人の欠かせねえ仕事でなあ」

「さようですかい。火の用心の声と拍子木の音なら毎晩聞いてやすが、自分でまわるなんざ、初めてでさあ」

言いながら壱郎治は杢之助につづいて外に出た。

木戸番人の二度のお勤めは、宵《よい》の五ツ（およそ午後八時）と夜四ツ（およそ午後十時）だ。

――火のーよーじん、さっしゃりましょーっ
声に出し、拍子木を打つ。

品川のねぐらで壱郎治は毎晩、似たような声を聞いていたのだろう。泉岳寺門前町では、門前のおもてどおりの坂道をまず番小屋から泉岳寺ご門前まで上り、下りながら左右の町々をまわり、坂下に戻って来る。杢之助はゆっくり歩くので、出てから帰って来るまで小半刻《こはんとき》（およそ三十分）ほどかかる。

一回目の時分、町にはまだ灯りのついている家もある。壱郎治は杢之助の横に歩を踏み、提灯は杢之助の持つ一張《ひとはり》で、遠目にはいつもどおり杢之助がひとりでまわっているように見えるだろう。

ご門前からの帰りだ。拍子木を打つあいまに、杢之助が低声《こごえ》で言った。

「ほれ、そこの角を曲がりゃあ……」

「巳之助とお松の店、いまの鳴海屋で」

壱郎治はさらに低く返した。

壱郎治を襲った相手の家に、いま近づいている。

「おっ」

ちょうど灯りが消えたところだ。巳之助かお松が松江と巳市の小さな寝顔を見な

がら、行燈《あんどん》の火を吹き消したのだろう。屋内が見えるようだ。兵輔は品川かいずれかのねぐらに戻っていると思われる。

「火のーよーじん、さっしゃりましょーっ」

李之助は声を上げ、拍子木をひと打ちし、

「引き返すぞ」

「へえ」

壱郎治は従った。

屋内は灯りが消えたばかりだ。巳之助もお松も、火の用心の声と拍子木の音を耳にしているはずだ。そこに壱郎治も一緒だとは気がついていまい。

このあと木戸番小屋に帰ってから、壱郎治は李之助に巳之助、兵輔との係り合いを話すことだろう。

五

ふたたび木戸番小屋である。

李之助は提灯の火を油皿に移し、

「さあ。やつら、もう襲って来ねえってことはあるめえ。あの若《わ》え兵輔を含め、おめえたちの絡み合いを話してもらおうかい。この町で殺しなんざ、何度も言うようだが木戸番人のこの儂が一番迷惑だからなあ」

言いながらまた出がらしの冷めた茶を淹れ、

「話しまさあ」

壱郎治は応じ、冷たい湯呑みを口に運んだ。壱郎治にはこの一風変わった木戸番人に事情を話し、相手の動きを探るとともに、仲裁に入ってもらいたいとの思いがある。味方についてくれればなおさらだ。

「話は十年めえに戻りやすが、巳之助とお松が一緒になってこの町で古着屋を始めたころ、あっしも品川で古着商《あきな》いを始めやした」

「ほう。巳之助の鳴海屋はこっちの町で手堅く商いをつづけたが、品川のおめえさんのほうは、そううまくは行かなかった……？」

「恥ずかしながら、そのとおりで。あっしは開いた店も人手に取られ、見倒屋《みたおしや》みてえなことを始めやした」

（なるほど）

杢之助は思った。

初対面のとき、

（はて、この男、お店者《たなもの》のようだが、遊び人のような雰囲気もある）

と、みょうな印象を受けた。いま〝見倒屋〟と聞いて得心したのだ。

古着屋や古道具屋、紙くず屋などで、とくに倒産や店じまいのうわさを聞けばいち早く駈けつけ、商品や家財を買い叩くのを〝見倒す〟というが、それをもっぱらの商いとして売買をしているのを見倒屋という。だから見倒屋は商人の素質とともに、行動力のある情報屋の性格も備えていなければならない。店を構えるのではなく、落ち着きのない商売である。

壱郎治はそれをやりながら、

「ちょいと大口の仕入れさきが見つかり、至急にかなりの資金が必要となりやしてね。それで何年かぶりに巳之助を訪《たず》ねたんでさあ。巳之助もお松さんもなにを勘違いしたのか、冷たい対応でやしたよ」

ふたたび杢之助は〝なるほど〟と思った。順調な商いをしている巳之助とお松の夫婦は、落ち着きのない商いをしている、かつて殺しまで一緒にやった仲間が、

（金を借りに来た）

と、思ったのだろう。実際そのとおりで、そうした雰囲気を壱郎治は出していた

のかも知れない。

「結局、大口の買い付けはできずじまいでやしたよ」

残念そうに言う。

壱郎治の話はつづいた。

「そんなところへ、兵輔がこの門前町に来やしてね。ことし二十歳じゃねえですかい。驚きやしたよ」

「儂もそれを町の人から聞き、何が起こるか心配になり、十年めえに係り合っていたおめえさんらの動きを気にかけていたのよ」

「さすが木戸番さんだ。起こりやしたでしょう、巳之助と兵輔があっしを殺そうとしやした……。お松も一緒でさあ」

「そこよ。巳之助とお松は夫婦だ。そこへなんで兵輔が……。あの日とっさにおめえさんに話を合わせたことを思えば、不思議でならねえ」

「だからそれを話そうと、きょうこうして来たのでさあ」

杢之助は聞き役に徹しようと無言でうなずき、風雪を刻《きざ》んだ壱郎治の表情を凝視した。

壱郎治も杢之助の視線に無言でうなずき、語り始めた。これも杢之助が、まえの鳴海屋夫婦とその娘の死になんら疑念を示さず、壱郎治の話を信じたようすを見せたからであろう。壱郎治の杢之助への信頼感はさらに強まったのだ。口調がますます杢之助に合わせ、伝法な職人言葉になる。

その口調で壱郎治は言う。

「あっしらが兵輔とお里のふたりをかどわかし、町はずれの空き家に閉じ込めたときでさあ。目隠しをしたのでやすが、多くはあっしが指図しておりやしたから、ふたりとも声であっしに気づいたはずと思われまさあ。奉公していたとき、ふたりと幾度か話したことがありやしたからね。その点、巳之助もお松も用心深く、うなずきを交わすだけでふたりの人質の前では、ひと言も発しませんでやしたよ。そうでやすから、ふたりともあっしには気づいても、巳之助とお松にゃ気づかなかったと思いまさあ」

悪徳あるじの七兵衛たちを絞め殺し、首吊りに見せかけたときも、おそらく壱郎治が差配《さはい》し、巳之助とお松は用心深く一歩うしろに退《ひ》いていたことが推測される。七兵衛を最も恨んでいたのは、末を約束した女を手籠《てご》めにされ、自死に追い込まれた壱郎治なのだ。

壱郎治の話を聞きながら、杢之助は現場を推測した。

兵輔は十歳の身で、殺しの場を見ていなくとも、押し込んできた三人の姿は目にしたかも知れない。そこにかどわかしのときの壱郎治に気がついたとしても不思議はない。気がついたからこそ、子供の身ではただ恐ろしく、いずれかに身を隠しても、それを誰かに話すこともできなかったのだろう。

李之助は胸中に言う。

(じゃが、二十歳にもなったいま、話は別だ。報復を思い立っても不思議はない。むしろ、そうなるのが自然じゃねえか……)

壱郎治はそこまで李之助の胸中を読んでいないが、

(この人は、あっしの話を信じ、すべてを受け入れてくれる御仁《ごじん》)

いよいよそう思い込もうとしている。

灯芯一本の灯りと間断《かんだん》ない波音のなかに、

「その兵輔があっしとおなじ品川に身を置いていたたあ驚きでやした。道ですれ違ったこともありやしょうが、まったく気がつきやせんでした」

壱郎治は言葉をつづけた。

「ここからはあっしの想像でやすが、勝手なこじつけじゃござんせん。その後のやつらの動きを見りゃあ、じゅうぶん根拠はありまさあ」

冷たい茶で口を湿らせ、

「兵輔は十歳まで住んでいた泉岳寺門前町をなつかしがり、品川から近いこともあってふらりと町を歩いた。するとおもて通りの鳴海屋のあった店はまったく別の屋号になっていた。親戚筋が家屋と土地を受け継いだと聞きやすが、兵輔のまったく知らねえ遠い親戚なんでやしょう」

そうかも知れない。

「そうであっても町場にはなつかしさもあって、枝道に入《へえ》ってみた。するとそこに〝鳴海屋〟の屋号を名乗る店があった。しかも古着屋……。以前の鳴海屋と通じるものがありまさあ」

「で、声をかけた……？」

杢之助はつい口を入れたが、聞き役に徹しようと思っているところだ。言葉を切り、壱郎治に話をさきへと手で示した。

壱郎治は無言でうなずき、

「そのとおりで。暖簾を入《へえ》ると、そこにいたのが巳之助だったという寸法で。そりゃあどっちも驚いたことでやしょう。巳之助は瞬時、警戒しやしたろうが、かどわかしのときも首吊りのときも……」

言って壱郎治は慌てたように言葉を切り、

「首、首吊りは知りやせんが、かどわかしのとき、さっきも言いやしたとおり前面に出ていたのはあっしで、兵輔はあっしには気づいていても、そこに巳之助とお松もいたことにゃ、まったく気がついちゃいなかったようで。それでお松も奥から出て来て、じゃねえ、兵輔を奥へいざない、昔話に花を咲かせた。当然、話にゃかどわかしが出まさあ」

「だろうなあ。すっとぼけている巳之助とお松は許せねえが、十年めえにゃおめえさん、ずいぶんと貧乏くじをひいたもんだなあ」

「そのとおりで」

杢之助から同情しているような言葉をもらい、わが意を得たか声に力がこもってきたようだ。といっても夜中だ、声が大きくなったわけではない。逆にいっそう低め、そこに力がこもったのだ。

「まったく貧乏くじでござんした。かどわかしのときの話が出て……」

このとき、〝一家心中〟の話も出たはずだ。だが壱郎治はそれをここでは口にしなかった。当然であろう。壱郎治にとってあれは、あくまで〝自死〟なのだ。

杢之助は連想した。

兵輔はなつかしむのではなく、忘れ得ぬ衝撃の出来事として話題にした。巳之助とお松は安堵した。あの事件で兵輔は壱郎治に気づいていても、早くに逃げたから巳之助とお松には気づいていなかった。

おそらく兵輔は巳之助とお松に、相談したはずだ。お上《かみ》に訴え出て、せめてそれを報復としたい……と。

だが、巳之助は言ったろう。十年もめえに心中と処理され葬儀もされたことを、奉行所が取り上げるはずはねえ……と。

そのとおりだ。過去の話を訴え出ても、門前払いになるのがオチだ。

それを聞かされ納得し、兵輔の脳裡に芽生えたのは、

――ならば、みずからの手で成敗
すなわち、仇討《あだう》ちである。

巳之助は言ったはずだ。

「――お上に頼らずとも、俺たちが咎人を知っている。おなじ元奉公人として一緒にと、相談を受けたくらいだから。あれは壱郎治の犯行だ。ほかに金で雇ったのがひとりかふたりいたように聞いている」

かたわらでお松はうなずきを入れたことだろう。

このときの巳之助とお松の胸中を思えば、李之助には許せないものがあった。兵輔はそれとは知らず、さらにうなずいたはずだ。自分の記憶に合致しているのだから……。

すり切れ畳の上で壱郎治は言う。

「これをあっしの思い過ごしと思わねえでくんねえ。その根拠は木戸番さんの見たとおりでやすから」

李之助はうなずき、壱郎治はつづけた。

「巳之助とお松め、言ったはずでさあ。仇討ちなら手伝おう、と。居場所も知っている。ときどき門前町《ここ》に来る、と。だが俺たちゃさむらいじゃねえ。正面切って討つわけにゃいかねえ。やれば殺しになる。日暮れてから秘《ひそ》かに、策は任せておきねえ、と」

「ふむ、なるほど。町人に仇討ちは許されていねえ」

李之助はようやく巳之助とお松、兵輔の組み合わせができた経緯《いきさつ》を解した。壱郎治の推測に間違いはないだろう。

壱郎治は念を押すように言った。

「それがこのめえの、街道《けえどう》での騒ぎでさあ。巳之助と兵輔め、夜道に俺を挟《はさ》み撃《う》ちにしようとしやがった。それが仇討ちたあ、かたはら痛《いと》うござんすぜ」

「もっともだ。あのとき、割って入ってよかったぜ」

「へえ、ありがとうござんした。心底《しんそこ》、感謝しておりまさあ」

言う壱郎治に偽《いつわ》りはないだろう。だからいまこうして、番小屋《ここ》に来ているのだ。

杢之助も、

「そんなでたらめを兵輔に吹き込み、おめえさんを討つのに助太刀《すけだち》たあ、心底許せねえぜ」

言った言葉に偽りはなかった。

壱郎治のほおがゆるみ、さらに言った。

「巳之助は頭のいいやつでさあ。兵輔にあっしを討ったら、あとの仲間は雇われの無宿者《むしゆくもの》だ、捜すのは難しい。討っても仕方なかろう……と。仇討ちはそれで終わりとしねえ……と」

「言ったかも知れねえ。いや、言ったはずだ。それでてめえたちの身は安泰《あんたい》だからなあ。ふふふ」

「うふふ」

と、これには杢之助は嗤《わら》ってしまい、壱郎治も一緒に嗤う余裕を得た。

壱郎治のこの推測は、実際に当たっていた。証明のしようはないが、巳之助とお松はそれに近いことを兵輔に言っていたのだ。

兵輔がそれを得心したとすれば、まだ若くて世間慣れしていなかったからと言えようが、このとき杢之助も壱郎治もそこまでは考えなかった。ともかく巳之助と兵輔がつるんで壱郎治を殺害しようとしたことは、厳然たる事実なのだ。成功すればこれまで壱郎治とともに犯した罪から、永遠に逃れられることになるのだ。

杢之助は言う。

「つまり壱郎治どん、おめえさん門前町《ここ》の木戸番小屋に出入りし、巳之助と兵輔の動きを探りてえってとこじゃな」

「そのとおりで。よろしゅうお頼《たの》もうしまさあ」

「そりゃあ背景《わけ》を聞きゃあ、巳之助の所行《しょぎょう》は断じて許せねえ。このまま兵輔を焚《た》きつけての殺しなんざかたはら痛しだ。絶対にやらせねえ」

「へえ」

「さいわいと言うべきか、あのときおめえさんは儂がとっさに合わせたことに気づいたようだが、やつらは気づいちゃいねえ。やつらめ、これからもそのつもりで番小屋《ここ》に来ようよ。儂はこのまま、やつらの意図に気づかねえふりをしようじゃねえか。それでやつらの動きは、手に取るように分かるというもんだぜ」

壱郎治は杢之助を見つめている。

「ともかくやつらに殺しはさせねえ」

「お、お、お願い、いたしやす」

言うと壱郎治は、あぐら居から足を端座に組み替えようと腰を浮かした。

「おっと、かしこまってもらっちゃ困るぜ」

杢之助は壱郎治の動きを手で制し、

「おめえ、勘違《かんちげ》えしちゃいけねえ」

「ど、どういう意味で」

あらためて腰をあぐら居に戻そうとする壱郎治に、

「そのまま腰を上げねえ」

杢之助は言うと、提灯を手元に引き寄せ、みずからも腰を上げ、

「そろそろ、きょう最後の夜まわりだ。早めにまわるぜ。おめえを早く帰《けえ》さねえと、品川の木戸が閉まっちまうからなあ」

「へ、へえ」

壱郎治はそこに気づいたか慌てるように杢之助につづき、自分の提灯にも油皿の

灯芯から火を入れた。

　杢之助はさらに言う。

「泊まっていって朝帰《あさげえ》りって手もあるが、朝の棒手振《ぼてふり》の出入りもあり、人目につかあ。つぎに番小屋《ここ》に来るときも、きょうみてえに薄暗くなってからにしねえ」

「へ、へえ」

　壱郎治は不満げに返した。勘違いするなと言われたのを気にしているようだ。そこに気づいた杢之助は、提灯を手に三和土《たたき》に立ったまま言った。

「おめえを助けるんじゃねえ。巳之助たちに殺しはさせねえってことだ。その逆もまた然《しか》りだぜ」

「うっ」

　壱郎治は困惑したようなうめき声を洩らした。杢之助はそれに気づかなかったふりをし、腰高障子を開け外をうかがい、

「さあ、誰も見ていねえ。早《はよ》う帰《けえ》んな」

　声で壱郎治を外へ押し出した。

「ま、また来まさあ」

　壱郎治は低く言い、街道に出ると品川宿のほうへ提灯を向けた。

杢之助が油皿の火を吹き消し木戸番小屋を出たのは、壱郎治が出ていくらか間を置いてからだった。夜四ツ（およそ午後十時）時分まで、得体の知れない者と話し込んでいたのを、誰にも知られたくないことへの用心からだ。もうひとつ、いつもひとりでまわっている通常に戻りたかったからでもある。

これで二回目はひとりでゆっくりとまわれる。だが、胸中は日常どおりとはいかなかった。胸中には壱郎治と一緒にまわっているとき以上に、壱郎治の存在が大きくのしかかってきていた。

さきほどは明確に、〝巳之助たちに殺しはさせねえ〟と言い、〝その逆もまた然り〟と言った。そのときの壱郎治は困惑したうめき声を洩らした。杢之助はそこを見逃さなかった。

（この野郎、巳之助たちを殺《や》る気でいやがるな）

確信したのだ。

なるほど壱郎治にすれば、巳之助と兵輔に命を狙われている以上、最も安堵を得る方途は、逆に自分から巳之助と兵輔を討つことである。お松がひとり残っても、女の身ではなにもできまい。

拍子木を打ちながら、鳴海屋の店舗の前に出た。さきほどまわったのは、ちょうど灯りが消えたところだった。屋内にはいま巳之助とお松、それに五歳の松江と三歳の巳市が寄り添って寝ていることだろう。

一回目にまわったときには、壱郎治をかたわらに、

(巳之助よ、おめえに殺しはさせねえぜ)

思ったものである。

だが、いまひとりで拍子木をひと打ちし、思うのは、

(壱郎治よ、おめえにこの家は襲わせねえぜ)

そのことだった。

——火のーよーじん、さっしゃりましょーっ

ひと声上げた。

巳之助の家族のなかで目を覚まし、この声と拍子木を聞いた者がいるかどうかは分からない。この時分、町内で灯りのある家はない。だから二回目の夜まわりは、声は落とし拍子木もひかえめに打っている。

木戸番小屋の前に戻った。いつもどおり街道から泉岳寺門前町の坂道にきょう最後の拍子木を打って腰を折り、一礼してから木戸を閉める。これで木戸番人として

のきょうの仕事は終わりとなる。

李之助はこのあと、

「儂みてえな者をこの町に住まわせてもらい、ありがとうよ」

通りに向かって胸中につぶやく。

李之助の嘘《うそ》いつわりのない、真実の叫びなのだ。

すり切れ畳の上にまたひとりとなる。

脳裡を離れない。

(町内で殺しをさせねえのはもとより、巳之助は門前町の住人だ。よそで殺しても殺されても、役人が町に入《へえ》るだろう。巳之助にも壱郎治にも、殺しも殺されもさせねえ……)

だが、同時に思う。

(難しいぜ、これは)

波の音に包まれた木戸番小屋の中で、身をブルルと震わせた。李之助の仕事に、終わりはないのだ。

# もつれた糸

## 一

「うーむ」

李之助は低くうなり、さらに自分にしか聞こえないほどの声で、

「どうすれば、むむむ」

またうめく。

脳裡では、頭をかかえている。

夜まわりを終え、木戸も閉め、すり切れ畳にふとんも敷いた。油皿の炎も吹き消した。本来ならこの瞬間が、一日で最も身も心も休まるときだ。間断のない波の音以外、いま闇のなかに感じる気配といえば、李之助の心ノ臓の鼓動《こどう》くらいであろうか。

どうすれば壱郎治《いちろうじ》と巳之助《みのすけ》、兵輔《ひょうすけ》たちのあいだに、

（殺し殺されの騒ぎを起こさせねえか）

それだけではない。

事態をどう展開させれば、

（世間には、なにごともなかったように）

この一時期を乗り越えられるか。

波音のなかに、杢之助は寝つけない。

その脳裡に走る。

（あの三人をまた、一カ所に集められねえか）

〝また〟というからには、一度あった。夜の街道で杢之助が間合いを計《はか》って声を出し、巳之助と兵輔の挟み撃ちから壱郎治を救ったときだ。

（またあの舞台が、再現できれば……）

足技を隠さずその場を制圧し、かどわかし事件、さらに〝一家心中〟事件の真相を明らかにし、その場で極度に困惑する三人に殺し合いをやめさせ、その混乱のなかから善後策を考える。

下策《げさく》かも知れない。三人が顔をそろえれば、ただ混乱するばかりで、そこに解決策を見いだすなどできない。それに三人を制圧するには、他人《ひと》に見せたくない必殺技を披露しなければならない。それでかりに事態を収めたとしても、そのあと杢之助は泉岳寺門前町に住めなくなる。

それよりも条件の異なる三人をひとつの舞台に集めることの困難は、杢之助が最もよく知っている。前回は杢之助が三人の動きをみょうに思い、巳之助を尾《つ》けるとそこに三人がそろったのだ。みずからが奔走《ほんそう》して画策した舞台ではない。

杢之助がこれまで流血をともないそうな揉め事に手を染め、人知れず収めてこられたのは、いずれも相手方が杢之助をただ者ではないと見なし、なんらかの目的を秘めて木戸番小屋に来るのを待ち、話をその者にうまく合わせ、そこから解決の糸口を見いだす方途をとってきたからだ。いかような舞台ができるかは、相手の動きしだいなのだ。

今回に限って、端《はな》から下策を脳裡に走らせたのは、登場人物が複雑に、かつ危《あや》うく絡《から》み合い、穏やかな解決はきわめて困難と見なしたからだった。

（ええい、いっそのこと）

と、思われてくる。

だが解決は、毎回のことだが、

（慎重に、人知れず）

おこなわなければならない。

眠れない。

「うーむむ」

またうなり、

(しばらく、おめえさんらの動き、見させてもらうぜ。じゃがよ、一歩でもさき走りやがったら、そのときゃ容赦《ようしゃ》しねえぜ)

思うと、ようやく眠りにつくことができた。

歳《とし》も還暦《かんれき》近くとあっては眠りは浅く、それによく目が覚める。

そのたびに思う。

(容赦しねえぜ)

同時に壱郎治、巳之助、兵輔の顔が目のまえの闇のなかに浮かぶ。寝しな胸中に念じたことをはっきりと覚えているのだ。とくに壱郎治の顔が明確に浮かんでくるのは、

(野郎、殺《や》られるめえに、てめえのほうから仕掛けようとしてやがる)

そこへの危険性を強く感じているからだった。

朝だ。

李之助はいつも日の出まえに木戸を開け、豆腐屋や納豆売りなど朝の棒手振《ぼてふり》たちから喜ばれている。

それらの触売《ふれうり》の声を聞きながらも、容赦しねえとの決意が脳裡をよぎる。複雑な絡み合いからくる殺し合いを、人知れず解決することが、すでに李之助の執念《しゅうねん》となっているのだ。

棒手振たちが触売の声をおもて通りから枝道にまでながし、家々から朝の煙が立ちのぼる。

泉岳寺門前町の、いつもの一日の始まりである。

だが、木戸番小屋は日一日と緊張を増している。

殺しへの動きが、刻々と高まっているのだ。

(こんどはどっちがどう仕掛けやがる)

李之助の胸中は朝昼晩と、常に身構えている。

そうした番小屋の緊張に、周囲は気づいていない。李之助はいつもどおりにふるまい、鳴海屋は以前よりも愛想よくなっている。さきほどもまだ朝方だったが、得意先に用事でもあるのか、巳之助が番小屋の前を通り、

「木戸番さん、ちょいと通らせてもらいますよ」

などと李之助に声をかけて街道に出た。

その愛想のよさに、

(やはり次の殺し、考えてやがるな)

李之助には思えてくる。

(だったら来なせえ。壱郎治どんの動き、知りてえんだろう)

また胸中で呼びかける。

来たからといって、それぞれの動きを李之助が詳しく握っているわけではない。だが、当事者たちがなにくわぬ顔で木戸番小屋に来ることによって、胸中に秘めている策を推測することはできる。それらを壱郎治や巳之助、兵輔らに小出《こだ》しにながしてやる。かれらにとって李之助の存在が、ますます貴重なものとなる。

(おめえらの企《くわだ》てをすべてなかったことにするにゃ、その動きをすべて知っておかなきゃなんねえのよ)

思うたびに、その困難さに身が震え心ノ臓が高鳴る。なにしろこたびの殺しは、双方がともに相手を亡き者にしようと狙っているのだ。まかり間違えば町中《まちなか》で殺し合い騒動を演じることになる。李之助が身を震わせ心ノ臓を高鳴らせるのは、無理もないことである。

(鳴海屋の巳之助どん、さっき街道に出て行ったが、帰《けえ》りにまたここへ立ち寄らねえかい)

思いながら開け放した障子戸の外に目をながすと、

「あらら、お客さん。最近、よく見かけますねえ。この町にお知り合いでもできましたので?」

お千佳の声だ。

なんと来てもらいたい一人、若手の兵輔ではないか。

「ああ、ちょいとね」

兵輔はお千佳をかわし、街道から門前町の通りへ入ったところだ。行く先は分かっている。鳴海屋だ。

杢之助は急いで下駄をつっかけ、

「おおう、これはお若え人《わけのの》。ほんに最近よう見かけやすなあ」

言いながらおもてに出た。

杢之助がこうも急ぐように反応したのは、品川にねぐらを置いているはずの兵輔が、逆方向の高輪《たかなわ》大木戸のほうから来たと思われる角度で門前町の通りに入ったからだった。壱郎治、巳之助と兵輔の三人については、普段と異なるようすには細心の注意を払っているのだ。

「ああ、門前町《ここ》の木戸番さん」

と、兵輔は足をとめた。

杢之助にとってやりやすいのは、兵輔が杢之助を単なる木戸の爺さんとしかみていない点だ。巳之助も門前町の住人だが、親切な木戸番とは知っているが壱郎治のように、なにやら得体の知れない、底知れず並みではない人物……とまでは気づいていない。

杢之助と兵輔は日向亭の縁台のわきで立ち話をするかたちになり、お千佳も盆を小脇にそばに立っている。

「さっきお千佳坊も言ってたが、おめえさん近ごろよくこの町に来なさるねえ。最初は儂《わし》に、いつからこの町にいるかなどとみょうなことを訊いていたが」

「えっ、そんなこと訊きなさったんですか。あたしに訊けばいいのに。門前町《うち》の木戸番さん、古くはないけど親切で町の住人のことならなんでも知っていなさるから」

つまりお千佳はよその町の住人に、杢之助を自慢したいのだ。

（兵輔め、直接儂に訊いてくれて助かったぜ）

瞬時、杢之助は思った。

もし兵輔がお千佳に門前町の木戸番人のようすを訊いていたなら、杢之助を警戒し、気軽に番小屋に声を入れたりはしなくなるだろう。おかげでいまも他人《ひと》を殺そうとしている者が杢之助に声をかけられ、気さくに足をとめ立ち話などしているのだ。

杢之助はなんでもないことのように訊いた。

「ん？　まえは品川のほうから来なすったようにお見受けしやしたが、きょうは高輪大木戸のほうからのようだ。ねぐらはどっちで？」

「あら。そういえば品川方面のお人とばかり思っていたら、きょうはご府内のほうからでしたねえ」

お千佳も問う。問うといっても〝品川方面〟とか〝ご府内のほう〟などと大ざっぱな言い方で、住まいを詳しく訊いているわけでもない。応《こた》えやすいだろう。

案の定だった。

「ああ、ちょいと品川から大木戸のこちら側へ越したばかりで。散歩がてら新たなねぐらと街道との間合いを見て、近辺のようすも知っておこうと思いまして。それじゃ私はこれで」

と、鄭重な商人言葉で言い、坂道に歩を踏もうとする。鳴海屋巳之助を訪ねるのだろう。二人はいま壱郎治殺しで、手を組んでいるのだ。

杢之助は兵輔がどこへ向かおうが、なんら気にしないようすで、

「そうそう。きょう朝早《はよ》うに鳴海屋の旦那、どこかへお出かけのようじゃったが、まだ帰《けえ》って来なさらんかね」

「えっ、そうなんですか。あたし、見てませんでした」

返事をしたのはお千佳だけではなかった。

その場を離れかけた兵輔も、

「えっ。鳴海屋の巳之助旦那、いまお出かけで？」

と、足をとめふり返った。杢之助の意図どおりだ。これで兵輔が鳴海屋巳之助を訪ねて来たのは確かとなった。

杢之助は言う。

「ああ。けさ早くに番小屋《こ》《こ》にも声を入れなすって……。したが、ぞうり履きで遠くへ出かけるようすじゃなかったから、おっつけ帰《けえ》っておいでかな」

「鳴海屋さんち、いつも小僧さんと店場の手伝いの人がいなさるし、奥にはおかみ

さんもおいでてでしょうから」

余計なことだろうが、お千佳が親切そうに言う。

李之助は兵輔を縁台に座らせるか木戸番小屋にいざなうかで、鳴海屋巳之助とどんな話をしに来たのかその一端なりとも聞きたかったのだが、

「ああ、お店の人やおかみさんがいなさるんなら」

と、兵輔は李之助たちに背を向け、行ってしまった。

「鳴海屋さんを訪ねるのなら、古着の話かしら」

と、お千佳はそれ以上の興味を示さず、

「あ、いらっしゃいませ」

縁台へ新たに座った客に対応した。中間《ちゅうげん》をひとり伴《ともな》った武士だった。

李之助は縁台に座った武士に軽く会釈をし、ふらりとしたようすで木戸番小屋に戻った。

すり切れ畳にまたひとりとなる。

障子戸を開け放しているので、いましがた兵輔と立ち話をしていたところが見える。お千佳が縁台の武士に茶を出している。

李之助はそれを見るともなく見ながら、

（兵輔と巳之助、一枚岩《いちまいいわ》じゃねえのかい）

首をひねった。

一枚岩なら殺しをまえに、互いの動きを知らせ合っており、片方が留守のところへもう一方が訪《おとな》いを入れたりしないだろう。それとも、切羽詰まった事態でも起きたか。だがさきほどから兵輔は落ち着いており、慌てているようには見えなかった。新たな住まいの近辺の地形を知ろうと、散歩などしていたのだから。兵輔はまだ若く、殺しをまえにひとりではいられなかったか。

あるいは品川から大木戸の近くに引っ越し、それを巳之助に知らせに来たか。

やはりこれから殺し合おうという二人が、広い町場とはいえおなじ品川界隈にねぐらを置いていては、気になって落ち着けなかったか。それで兵輔は大木戸のこちら側、車町《くるまちょう》にでもねぐらを移したのか。その場所を訊きたかったが、つぎの機会を待つことにした。

府内ではなく高輪大木戸を出た車町なら、杢之助を並みの木戸番人ではないと見抜いている二本松《にほんまつ》一家の丑蔵《うしぞう》がおり、そこには杢之助に畏敬《いけい》の念を抱《いだ》いている嘉助《かすけ》、耕助《こうすけ》、蓑助《みのすけ》の若い衆がいる。あとで調べればすぐ分かるが、杢之助にとっては兵輔の動向をずいぶんと探りやすくなる。

（大木戸のこちら側たあ、よく考えやがったなあ）

杢之助は思った。

高輪大木戸の向こう側なら江戸府内で江戸町奉行所の管轄地だ。これから人殺しをしようという者が、わざわざ奉行所の手の内に引っ越すはずがない。元大盗白雲《しらくも》一味の副将格《ふくしょうかく》だった杢之助が、転々と江戸府内の何カ所かの木戸番人をしながら、結局は府外の泉岳寺門前町にねぐらを得たのは、はたして江戸町奉行所の管轄から逃れるためだったのだ。

（その用心深さ、褒《ほ》めてやるぜ）

杢之助は胸中で兵輔に語りかけた。

本心からだ。もし兵輔が江戸町奉行所の役人に挙げられたなら、奉行所の役人が兵輔の証言から堂々と越境し、鳴海屋巳之助を奉行所に引いて行くことになるだろう。そのとき江戸から出張《でば》ってきた役人の詰所になるのは、泉岳寺門前町の木戸番小屋であり、案内に立つのが、

（儂だぜ！）

杢之助はまたもすり切れ畳の上で、上体をブルッと震わせた。

二

鳴海屋巳之助がいずれかより門前町に帰って来たのは、兵輔が鳴海屋に向かってしばらく経《た》ってからだった。やはり近くへ古着の仕事の用事だったようだ。いまごろ兵輔は鳴海屋の仕事場で、お松と話し込んでいようか。お松も壱郎治殺しの企ての一員なのだ。

「おおう、鳴海屋さん」

杢之助は声とともに下駄をつっかけ、おもてに飛び出た。杢之助のほうから告げておけば、あとで話のようすを聞きやすくなる。

「おおぉ、木戸番さん」

巳之助は足をとめ、声のほうに身を向けた。

杢之助は歩み寄り、

「ついさっきでさあ。近ごろ町内によく来る若い人、ほれ、名はなんとかかと」

「えっ、兵輔がっ」

瞬時、巳之助は表情をこわばらせたが、すぐ笑顔に戻り、

「ああ、あの人。どうかしましたか」

お千佳も寄って来た。

「そうそう、あの人、兵輔さんというんですよね」

誰にともなく言い、巳之助に向かって、

「さっき鳴海屋さんを訪ねて来ましたよ。木戸番さんが鳴海屋さんはいま留守だと言ったのですが、それでも行きなさって。引き返して来たようすはありませんから、いまごろお店でお待ちかと」

「そういうことでさあ。兵輔どんでやすか。手ぶらで商いの話じゃなさそうだし、なんのお客人かな」

杢之助はつけ加えた。

「な、なんなんでしょうねえ。あの若い人」

巳之助は戸惑ったようすを見せ、

「さっそく」

と、その場を足早《あしばや》に離れた。

「木戸番さん、わざわざ番小屋から出て来なさって、ほんと親切なんですねえ」

お千佳はまったくの親切心から話に加わったのだから、杢之助も親切で番小屋から急ぎ出て来たと思ったようだ。

「ま、あの若《わ》え客人。鳴海屋さんの帰《けえ》りを待っていなさろうからなあ」

李之助はそれに合わせ、番小屋に戻った。

収穫はあった。

李之助が〝若い人〟と言っただけで、巳之助は〝兵輔がっ〟とつい名を口にし、身をこわばらせた。殺しの計画をまえに進めるべき事態があったのかも知れない。巳之助のようすは、それを李之助に教えるものだった。早くもふたりが、いや、お松もまじえた三人が奥の仕事場ではなく部屋の中で、ひたいを寄せ合っている姿を李之助は想像した。

詳しくはまだ分からないが、

（おめえら、また動き出すかい）

思った。

その予想は当たっていた。

「——あら、まえぶれもなく。なにか急なことでも？　うちの人、すぐ帰って来ますから」

と、お松は兵輔のこわばった表情から、店場や仕事場ではなく、奥の部屋に入れていた。

また、

「——巳之助旦那がお出かけとのこと、さっき坂下の番太《ばんた》から聞きました」

と言う兵輔にお松が、

「——ほんに、住人の動きをよく見ている番太郎《ばんたろう》さんですねえ。なにかと役に立ち
そうな、うふふ」

言ったのへ、

「——まったくです。うまく使えば……」

兵輔は肯是《こうぜ》のうなずきを返していた。

番太とか番太郎などと、やはりふたりとも巳之助と同様に杢之助の親切は認めて
も、どこにでもいるしがない木戸番人としか見なしていないようだ。

木戸番人は町の雇用人であり、木戸の開け閉めと夜の見まわりしかしない。とい
うより、できない。だからどの町でも木戸番人は番太郎とか番太などと呼ばれ、住
人からは軽く見られている。

巳之助とお松はもう十年もまえから門前町の住人になっているのに、杢之助をそ

のようにしか見ていないのは、もともとこの町の者との意識が希薄で、さらに杢之助がこの町の木戸番小屋に入ってまだ半年と短いからでもあった。兵輔などは初対面のおりに、それをわざわざ杢之助に確かめている。

その杢之助が言ったように、兵輔はさほど待つまでもなかった。

巳之助も杢之助から若い男の来客があることを聞かされ、木戸番小屋から鳴海屋まではすぐだが、急ぎ足で帰って来た。

女房のお松に言われ奥の部屋に入るなり、

「おう、兵輔どん。こんどはおまえさんのほうからなにか考えたかい」

言ったのだった。夜の街道で壱郎治を挟み撃ちにして仕留める策は、巳之助の発案だったようだ。

兵輔は言った。お松も一緒に聞いている。

「大木戸のこちら側、車町の長屋に部屋を借りました。街道から山の手の町場にいくらか入り、まったく目立たない長屋です。町奉行所の手もとどきません」

杢之助の予測は当たっていた。

「ほう」

巳之助は返し、お松も、

「なるほど。あんた、来たときから表情がこわばっていました。さっそく、なにか考えたんでしょう」

言い、つぎの言葉をうながすように、兵輔の顔をのぞき込んだ。

兵輔が、新たなねぐらは目立たず奉行所の手もとどかないと語ったあたりから、室内には緊張の空気が満ちはじめた。

前回と同様、そのときには門前町で留守居役《るすいやく》になるであろうお松が言った。

「こんども夜の街道ですか。もしそうなら、あたし、坂下に出向いて木戸番さんを番小屋に引きとめておきましょうか」

「まったくおまえの考えることは……。そのときに街道で殺しがあったんじゃ、かえって疑われることにならあ。で、兵輔どん。こんな早い時分に来たからにゃ、なにか新たな策を考えたんだろう。聞かせてくんねえ」

巳之助がお松をたしなめ、兵輔に視線を向けた。ふすま一枚のとなりの部屋にも聞こえないほどの低声《こごえ》をつくっている。店場は手代と小僧がみているが、奥の奇妙な雰囲気に、

（はて？）

と、気づいていようか。

もし杢之助が誰かと他人《ひと》に秘めた話をするなら、さりげなく普段どおりにふるまい、周囲にみょうに思われるような顔を見せたりはしないだろう。だから巳之助とお松、それに兵輔は、壱郎治殺害の計画を杢之助に予測されていることにさえ気づいていないのだ。

奥の部屋で、三人とも表情に緊張の色を刷《は》いている。

兵輔が巳之助の問いに応じた。

「お気づきのとおり、つぎなる策を話しに来たんでさあ」

「うむ」

巳之助はうなずき、お松はさきをうながすように兵輔の顔を見つめた。

兵輔は言う。

「品川でまじめに古着の買い付けや行商をしている私が、なんでわざわざ大木戸の手前の車町にねぐらを移したとお思いですか」

兵輔は品川界隈の商家を手伝ったり、地方に出向いて家々をまわり、古着を売るのではなく買い付け、それを品川の古着屋に卸《おろ》している。かつての親の稼業を継いでいる。

古着の行商には、家々をまわって売るのと、逆に買い付ける仕事の二種類がある。

もちろん両方をする行商人もいる。兵輔も両方を手掛けている。将来、自分の店を持つための経験を積んでいるようだ。

そこは巳之助もお松も認めており、ときおり夫婦で、

「――さすが血筋か、まえの鳴海屋のせがれだ」

「――そのようですねえ。ともかく十年まえ、いずれかへ逃げて、かえってよかったような気がします」

「――生きていること自体、いまはいいがそのうち、俺たちにどんな災禍《さいか》をもたらすか分からないいんだぞ」

「――そりゃあそうだけど」

と、兵輔の生きていたことを肯定するのと同時に、警戒もしていた。

いまは壱郎治殺しに手を組んでいる。巳之助とお松が若い兵輔に嘘《うそ》を吹き込み、そう仕向けたのだ。

「もったいぶった言い方をするな。さあ、考えた策を話せ」

「ま、きょうあすにも動こうというのじゃありませんから」

じれったそうに言う巳之助に兵輔は声を落とし、落ち着いた口調で言う。どちらが相手の倍ほど歳を喰っているか分からない。

「だから兵輔どん、どんな策でえ。じれってえぜ」

「策というほどのもんじゃありません。夜中に壱郎治を襲うのです」

「なんだって!? そりゃあ無理やりの押込みで、策とは言えねえ」

「そうですよ。そんな押込み強盗のようなこと」

巳之助が言えばお松もあきれたような口調で言う。夜に押し入るなど、それほど無謀に思えたのだ。

だが兵輔は声を落としたまま、真剣な表情で言った。

「やっこさん、長屋じゃのうて小さな一軒家を借りています。うまく襲えば、押込みがつい殺《や》っちまったように装《よそお》えますよ」

「あっ」

と、声を上げたのは巳之助だった。兵輔の策を、具体的に想像したのだ。いけるかも知れない。兵輔は話をつづけた。

「ま、外商《そとあきな》いでも商品を買い置くのに、長屋住まいじゃ都合が悪いですからねえ。これは巳之助さんたちのほうがようご存じで」

巳之助とお松は無言でうなずいた。

兵輔はつづける。

「私も品川じゃ長屋でしたが、ふた部屋つづきでした。引っ越した先はひと部屋ですが、ことが成ればまた引っ越します。つまり、巳之助さんたちにまえもって相談もせず高輪車町に引っ越しましたのは、相談すればいまのようにおっしゃり、壱郎治に気づかれぬよう迅速に動けなくなるからです。壱郎治め、私が品川から消えたのに、まだ気づいちゃいないでしょう。私は引っ越しにあたって壱郎治の住まいのあたりは、つぶさに調べておきましたよ。枝道の一本一本も、どこをどう曲がればどこへ出るかなども」

「押し入るためにか？」

訊《き》いたのはお松だが、それは巳之助の問いでもあった。すでにその気になっている。

兵輔は言う。

「そのとおりで。これより幾日後かに品川で押込みがあって、人がひとり殺されたとしても、つい最近まで品川に住んでいた私を疑う者はおりますまい。品川で私と壱郎治の接点を知る者は誰もいないのですから。品川でというより、この国中《くにじゅう》で知る者は……」

「そう、私とお松のふたりだけだ」

巳之助は言い、声を低め、

「で、いつ押し込むのか」

「十日ほどあいだを置けば……と、思いますが」

「ふむ」

巳之助は肯是《こうぜ》のうなずきを入れたが、お松が、

「ならば車町に引っ越す必要などなかったのでは。おなじ品川にねぐらを置いていたほうが便利だったのじゃありませんか」

「なにをおっしゃいますか、お松さん」

兵輔は返し、

「私がまだ品川にねぐらを置いていて、そこへ巳之助さんに来てもらい、夜中にふたりでいずれかへ出かけたとなれば、あそこは長屋ですぜ。人の動きに気づく者がいてもおかしくありません。その夜におなじ品川で押込みがあり、人がひとり殺された……。どうなります」

「あっ」

お松は得心の声を洩らした。

さらに兵輔は語る。

「それまでは私も巳之助さんもお松さんも、よそへ出向くときにはかならず木戸番小屋の前を通り、そこの番太郎に愛想よく声をかけておきましょう。きょうもここへ来るのに、散歩だと言ってわざわざ木戸番小屋の前を通って来ました」

「ん？　なぜ」

お松が問う。

兵輔はつづけた。

「そうしておいて、当日は私がここに来るとき番小屋の前を通らず、枝道をつたって来ます。それで品川へ行くのも枝道をつたい、帰って来るときもむろん、深夜であっても番小屋の前は通りません」

「なるほど。そうしておきゃあ、あの番太郎、われわれがその夜まったく動いていなかったように思うって寸法だな。兵輔どん、おめえさん若《わけ》えのに、細《こま》けえところにもよく気がつくじゃねえか。よし、その話、乗ったぜ」

巳之助が言ったのへ、お松もうなずきを入れた。

# 三

まだ午前《ひるまえ》だ。

鳴海屋から帰る兵輔は、ふたたび木戸番小屋に向かった。門前町と車町はとなりどうしで、しかも鳴海屋も兵輔の新たな長屋も街道からいくらか坂道を上ったところであれば、枝道だけで行き来でき、なにも番小屋の前を通って街道に出る必要はない。それでも、

「やあ、木戸番さん」

と、番小屋に歩み寄って声をかけた。いましがた鳴海屋で話し合ったばかりのことを、さっそく実践しているのだ。

それは巳之助と兵輔、さらにお松の動きを知るため、杢之助にとっても都合のいいことだった。

「おおう、これはさっきのお人。兵輔どんといいやしたねえ。もう用事はすみやしたので」

すり切れ畳から三和土に下り、兵輔のあいさつに応じた。

兵輔は立ちどまり、

「ああ、鳴海屋さんにちょいと古着の用がありましてね」

と、鄭重な商人言葉で言う。

その場を離れるときも兵輔は、

「それじゃ木戸番さん、毎日ご苦労さまです」

と、街道に出ると大木戸のほうへ向かう。

(いまなら)

杢之助は思い、敷居を飛び出し、声をかけた。

「ちょいと」

「へえ」

兵輔は立ちどまり、ふり返る。

ねぐらの場所を訊いた。

兵輔はなにも隠し立てするようすもなく、

「目立たない長屋で」

と、その場所を言う。

なんと二本松一家の近くだった。

「ほーう、それはそれは。ここからじゃ町内みてえなもんで」

若々しい声と老人の皺枯《しわが》れた声がつづき、

「よろしゅうお願いしますよ」

と、兵輔は大木戸のほうへ歩を進めた。

「うーむ」

李之助がその背にうなり、

「その長屋なら、あたし知ってます」

聞いていたのか、お千佳が声をかけてきた。

「こうも近くじゃ、茶店の客にはならねえなあ」

「そうみたい」

かえってお千佳は残念そうに返す。

(よし)

李之助は胸中に念じ、

「ちょいと留守を頼まあ」

と、その足で門前通りを踏み、途中で車町の枝道に入った。

兵輔のさきまわりをするかたちになったが、長屋を確かめようとしたのではない。

二本松一家に向かったのだ。

兵輔に気づかれることなく、二本松一家の玄関に入ることができた。兵輔が車町にねぐらを構えたと聞いたとき、まっさきに浮かんだのは二本松一家だった。一家の親方丑蔵《うしぞう》も、町に騒ぎが起こるのを好まない稼業だ。監視を頼むことができる。それに一家と木戸番小屋とのつなぎ役には嘉助《かすけ》、耕助《こうすけ》、蓑助《みのすけ》の若手三人衆がおり、兵輔の動きを探るにもなにかと便利そうだ。

まだ午前《ひるまえ》で、親方の丑蔵はいたが、丁半《ちょうはん》の声は聞かれない。

「おおう、珍しいじゃねえかい。木戸番さんがこっちへ来なさるたあ」

「ああ、お互いになあ」

と、杢之助も返す。互いに相手の存在を意識し認め合っているからか、かえって頻繁《ひんぱん》に行き来などしない。なにやら堅気《かたぎ》に話せない問題が生じたときのみ、互いに訪ねたり訪ねられたりしているのだ。だからどちらがどちらを訪ねても、〝珍しいじゃねえかい〟となるのだ。

「ちょいと話があってなあ」

「あはは、門前町のほうで、刃物三昧《ざんまい》の喧嘩《けんか》でもありやしたかい」

玄関での立ち話に杢之助は声を落とし、

「いや、これから起ころうとしてるのさ。殺しだ」

「なんだって！」

さすが丑蔵である。声を荒《あら》らげたのではない。大柄な体軀《たいく》で聞こえないほどの低声《こごえ》を絞り出し、

「入《へえ》んねえ」

玄関の奥をあごで示した。

李之助も丑蔵も〝殺し〟の話をするのに、さりげなくふるまっている。二本松一家は簡単な賭場《とば》に木賃宿《きちんやど》も兼ねているが、そうした客がいまの李之助と丑蔵を見ても、重大な話がされようとしていることにまったく気づかないだろう。それだけふたりとも、肚《はら》が据《す》わっているのだ。

嘉助、耕助、蓑助の若手三人衆はこの時分、すでに町々の牛馬糞《ぎゅうばふん》集めに出かけているようだ。姿は見えなかった。

奥の部屋に差しで腰を据えるなり、

「聞かせてもらいやしょうかい」

丑蔵は窺《うかが》うように李之助の顔を凝視した。李之助に初めて接したときから、並みの人物ではないと値踏《ねぶ》みしていたが、木戸番人になるまえに飛脚以外になにをし

ていたか勘ぐったことはない。もし、大盗賊の副将格だったと聞いても、驚きはしないだろう。むしろ、

『ほおう、それはそれは』

などとおもしろがるかも知れない。

聞かせろとの丑蔵の催促に杢之助はうなずきを入れ、語り始めた。

男衆《おとこし》が茶を運んで来たが、このあとの出入りは禁じた。杢之助の持って来た話が〝殺し〟などと穏やかでないだけに、丑蔵は緊張よりも慎重になったのだ。

「ちょいとややこしいが、話は十年めえにさかのぼらあ。門前町にあった古着古道具商いの鳴海屋と、いまある鳴海屋の一件だ」

「ほう、あの鳴海屋かい」

と、丑蔵は〝鳴海屋〟の一件は、うわさに聞いて知っていた。

杢之助の話が進むなかに、

「まあ、まえの鳴海屋の一家心中なんざ、聞いたときからおかしいと思うておったのさ。やっぱりそうかい。せがれひとり、生きていたたあ初耳だ。つまりこの話、尋常じゃ収まらねえ……と」

丑蔵は自分なりの解釈を口にする。

丑蔵がそうであれば、杢之助は話しやすかった。

その生きていたせがれがことし二十歳で兵輔といい、

「きのうかおとといだ。この車町に越して来たぜ」

「また厄介なのが越して来やがったなあ。で、町のどこにでえ」

あまりにも身近なのに丑蔵は驚いていた。

いまの鳴海屋の夫婦が虚偽《きよぎ》で兵輔を焚《た》きつけ、〝仇討ち〟をさせようとしていることも、壱郎治をその標的にして夜の街道で殺害しようとしたのを、杢之助が阻《はば》んだことも話した。

すべてを聞き、丑蔵は太い声をさらに落として言った。

「さすが木戸番さん、巧《たく》みなやりかたで。俺なんざ、とてもそのようにゃ」

相手に阻止《そし》したと気づかれないように阻止した、その機転と技量を称《たた》えた。

さらに、

「十年めえのかどわかしも一家心中の偽装も、その壱郎治って野郎が頭《あたま》になっていたとしてもよ、そやつひとりに罪をなすりつけ、てめえは助かろうとしてやがるいまの鳴海屋の夫婦は許せねえなあ。そんな夫婦に踊らされている兵輔とやらの若造《わかぞう》に、同情しちまわあ」

「十年めえのくすぶりに火がつき、こんな構図になっちまったってことさ」

「なるほど。それで木戸番さん、その話を俺んとこへ持って来たってのは、それなりの理由《わけ》があってのことでござんしょう。兵輔とやらが車町に住みついたからなんていうんじゃ怒りやすぜ。木戸番さんのことだ、なにやら難しい収め方でも考えていなさろうかい」

「さすが丑蔵親方だ」

「ほう、当たっていやしたかい。で、どうしてえと……？」

「放っておきゃあ、この近辺で斬った張ったじゃねえ、斬ったの刺したのと大騒ぎが起こらあ」

「そりゃあ鳴海屋の巳之助と兵輔とやらが組んで壱郎治ってえのを狙い、壱郎治は巳之助と兵輔を隙《すき》あらばと狙ってんじゃ、まあけっこうな騒ぎになって火盗改《かとうあらため》の旦那方は大忙《おおいそが》しになろうよ」

「だろう。それらすべてを消し去りてえのよ。つまりだ、この高輪界隈にゃなにも起こらなかった……。平穏な日々がつづいてたってことにしてえのよ」

「そんなこと、できやすのかい」

と、さすがに丑蔵もその奇抜《きばつ》さに思わず低く声を洩らしたが、

「ふむ」

すぐに李之助の意を覚《さと》り、肯是《こうぜ》のうなずきを返した。町場で一家を張っている二本松の丑蔵も、江戸の役人が界隈で十手風《じってかぜ》を吹かすのを嫌い、李之助ほどでないにしろ警戒しているのだ。

その場に一家の代貸《だいがし》の浜甲《はまこう》が呼ばれ、具体的な話に入った。丑蔵の右腕でことし三十路《みそじ》に近い口数の少ない男だ。浜甲も李之助の意図を解した。なるほど元船頭で、役人が町場に徘徊《はいかい》するのを嫌っている。

ひととおり話を聞き、

「へい、分かりやした。その兵輔たらいう若え堅気のお人から目を離さず、動きがありゃあ即座に木戸番さんに知らせ、かつ、それを当人に知られちゃいけねえ……と」

「そういうことだ。おめえからその堅気に手を出してもいけねえ。出すときは木戸番さんの指示があったときだけだ。俺もこの件についちゃ木戸番さんの差配に従うつもりだ。一家《ここ》と木戸番小屋がひとつにならなきゃ、成就《じょうじゅ》しがてえことをしようってんだからなあ」

「承知」

「一家と木戸番小屋とのつなぎにゃ、馬糞集めの三人を使おう。あいつら、木戸番小屋との使い走りなら喜んでやるからなあ。かわいいとこがあるやつらだ。なあに、数日もすりゃあカタがつこうよ」

「そのようで」

浜甲も話を聞き、事態は切羽詰まっているからこそ、決着は案外早いと踏んだようだ。杢之助も丑蔵もそう読んでいる。

帰り、兵輔の入った長屋をちらと見て、

(この町で、仇討ちなどさせねえぜ)

念じながら街道に出て木戸番小屋に戻った。

杢之助は門前町も車町も気に入っている。町全体が街道から山の手に向かい傾斜しており、町の往還はいずれも坂道なのだ。人は足元に用心して歩く。杢之助の足元に下駄履きでも音がしないのに不思議はない。まわりの人たちとおなじ、地に下駄のきしむ音のみとなる。だから杢之助は門前町も車町も、心置きなく歩くことができるのだ。

すり切れ畳に腰を据えた。

立つときだけでなく、座るときもつい〝よいしょ〟と声を出してしまうのは、疲れているというより、歳《とし》のせいだろう。この町の木戸番小屋に入ってすぐのこと、縁台に腰を据えたとき〝よいしょ〟と声に出し、お千佳から〝あらあら、まだ朝のうちですのに、もう疲れたように〟と言われたことがある。お千佳は杢之助をそれほどの年寄りとは感じなかったのだ。

さっき帰って来たとき、お千佳の姿をチラと見たが、話しかけて来なかった。期待している来客はなかったようだ。

すり切れ畳にあぐらを組み、

（来《こ》よ）

ふたたび念じた。

四

今後、兵輔が鳴海屋につなぎを取るとき、わざわざ街道に出て木戸番小屋の前を通る必要はない。町の中の枝道を経るのが一番の近道なのだ。極秘のつなぎを取るときは、木戸番小屋の前は避けるはずだ。それ以外は兵輔も巳之助も故意に番小屋の前を通り、町内にいることを印象付けようとするだろう。

木戸番小屋に陣取っている杢之助には、肝心のふたりの動きが見えにくくなるだろうが、それに戸惑う杢之助ではない。兵輔の動きは、二本松一家に頼んでいる。鳴海屋は町内であり、異常があれば町役の門竹庵細兵衛の息のかかった者が知らせて来よう。

いま杢之助が動きを期待しているのは、壱郎治だ。

壱郎治は杢之助を、自分に味方してくれる見張り役のように思っている。その壱郎治も殺すか殺されるか、鳴海屋巳之助と兵輔たちとおなじ立場に立っているのだ。来て話をすれば、そこから壱郎治だけでなく巳之助と兵輔たちがどこまで切羽詰まって、どう動こうとしているかを知るきっかけが得られるかも知れない。

木戸番小屋から自在に動けない杢之助が、三人を策に乗せて一人ひとり潰《つぶ》していく芸当はできない。考えたこともない。

できるのは、あわやというときに現場に走り、動きをやめさせ、あとくされのないよう収めることだけだ。前回まさにその場面が現出されたのだ。だがそれは杢之助の意図した舞台ではなく、たまたま現場に遭遇しただけだった。そのときは全体像が分からず、策などなく、すべてがとっさの判断によるものだった。だが、その場での殺しをやめさせ、三人の構図を掌握《しょうあく》するという成果はあった。

こんどまた、あのときとおなじ機会があれば、

(決定的な成果を……)

胸中に秘めている。

そのためにも、

(さあ、来なせえ)

また、胸中に念じる。壱郎治が巳之助や兵輔の動きを知るには、門前町の木戸番小屋を訪ねる以外方途はないはずだ。

夕刻近くとなった。

来た。

だが、壱郎治ではない。

なんと午前《ひるまえ》にも来た兵輔だ。

木戸番小屋に来たのではないようだ。

「あ、車町に越して来たお人、慥《たし》か兵輔さん。いらっしゃいませ」

お千佳の声が聞こえる。兵輔が向かいの茶店の縁台に座ったのだ。

杢之助は下駄をつっかけようとしたが、すぐ足を畳に戻した。

（やつがここに来るの、きょう二度目だぜ。茶店になんの用？）

疑問に思ったのだ。木戸番小屋の中で、気づかぬふりを決め込むことにした。

茶を出したお千佳とひとことふたこと話し、湯呑みに口をつけ、茶代を払って腰を上げる。

「ありがとうございました。気をつけておきましょう」

お千佳は街道で、来た方向に帰る兵輔の背を見送った。

杢之助は下駄をつっかけ、おもてに出た。

「あら、木戸番さん。見てたのですか。こんどはあの人、あたしにご用でした」

「ほう、どんな」

「あの人、兵輔さんでしたねえ」

「ああ、鳴海屋さんがそう言っていたなあ」

「近くに越して来て、もう茶店のお客になってくれないと思ってたら、そうじゃなく、これからも縁台にお茶を飲みに来てくれそう」

嬉しそうにお千佳は言う。

「ほう、どういうことだい」

杢之助はお千佳が〝気をつけておきましょう〟などと兵輔を見送ったのが気にな

ったのだ。

縁台の横で、立ち話のかたちになった。

「きょうあのあと、ほら、品川のほうから最近よくこの町に来るようになった中年のお人、きょうは来なかったかって」

壱郎治のことだ。

みょうだ。なぜ単独でお千佳に訊く？　巳之助の鳴海屋に訊きに行かず、なぜお千佳に……。訊いたあと鳴海屋に行くようすもなく、街道を車町の長屋のほうへ戻ったようだ。

(やはり兵輔と巳之助のあいだに、なにやら確執《かくしつ》？　壱郎治殺害の申し合わせはどうなっておる)

また杢之助の脳裡に疑念が走る。

お千佳はつづけた。

「品川のお人、来なかったかって」

「来たのか」

杢之助も訊いた。二本松一家に行っているあいだに木戸番小屋に来ていたなら、壱郎治は二人から身を護《まも》るより、その殺害を積極的に考えていると示していることになりそうだ。杢之助はいくらか緊張を覚えながら、お千佳の顔を見つめた。

「いいえ。来ませんでした」

「ほう」

杢之助の緊張は安堵に変わったが、お千佳は言った。

「兵輔さん、オレはこれからときおりここへ顔を出すから、もし品川からの客がここに来てなにか訊いていったなら、それをオレに知らせてくれって」

「兵輔どんが？」

「はい。いったいなんなんでしょうねえ。なんだか気味が悪い」

当然ながら、兵輔も壱郎治の動きを知りたがっている。

「そうか。ほんに気味が悪いなあ。人が人の動きを気にしているなんざ」

言いながら杢之助は木戸番小屋に戻った。

お千佳は縁台のかたづけにかかった。縁台に休む客は、およそ泉岳寺への参詣人《さんけいにん》だから、この時分になるとお千佳はいつも翔右衛門に言われるまでもなく、縁台をかたづけにかかる。

陽は落ち、薄暗くなりかけた。

来た。

李之助の望む壱郎治だ。声で分かる。

「木戸番さん、いなさろうか」

抑《おさ》えた声で言いながら、閉めたばかりの木戸番小屋の腰高障子に手をかけた。

お千佳は縁台をかたづけすでに屋内に入っており、壱郎治が来たことに気づくことはなかった。あした兵輔が茶店の縁台に座っても、品川の壱郎治が木戸番小屋に李之助を訪ねて来たことは、話題にはならないだろう。

「これは壱郎治どん。入《へえ》ったら障子戸、閉めてくんねえ」

と、李之助は腰高障子を手で示した。念のためお千佳に、兵輔の言った品川からの客が来ていることに気づかせないためだ。

李之助は言いながら首を横に曲げ、視線を外にながしたが、お千佳の姿は見えなかった。お千佳に気づかれることなく壱郎治を迎え入れることができたようだ。障子戸を閉め、まだ三和土《たたき》に立ったままの壱郎治に李之助は言った。

「壱郎治どん、こないだも言ったが、番小屋《ここ》へ来なさるのはこの時分か、陽が落ちてからが一番だぜ」

「ん？」

壱郎治は意味を解しかねたが、外をのぞき見るような姿勢になった杢之助の仕草からすぐ納得し、

「あっしもその気でこの時分に来たんでさあ。なるほど、もうすこし日暮れてからのほうがよござんすかい」

「そういうことだ。ついさっきまで兵輔がほれ、向かいの茶店の縁台に座ってたんだぜ」

「えっ、兵輔が⁉」

その名を聞き、壱郎治は一瞬とまどいを見せた。

「そのことでおめえさんに話しておきてえことがあってよ。さあ、いつまでも突っ立ってねえで座りなせえ。あとで今宵も一回目の火の用心、一緒にまわるかい」

「ああ、あれはおもしろうござんした」

言いながら壱郎治は腰をすり切れ畳に据えた。

「そんな中途半端な座り方じゃのうて、このめえみてえに上へあがって足をくずしねえ」

「ふむ。そうさせてもらいまさあ。誰にも気づかれねえように」

言いながら前回とおなじように両足をすり切れ畳に上げ、杢之助に向かい合うよ

うにあぐらを組んだ。そのふところに匕首《あいくち》のあるのが看《み》て取れた。

（ま、いいだろう）

李之助は秘《ひそ》かに容認した。なにぶんいつ命のやりとりがあってもおかしくない立場の男なのだ。

話はつづいた。

「さっき兵輔の名が出やしたが、詳しく聞きてえ」

「ふむ。おめえさんにゃ巳之助どん以上に、気になる相手だからなあ」

李之助は言い、壱郎治の表情を確かめるように見た。

「そ、そりゃあ」

壱郎治は瞬時、李之助の視線から逃れる仕草を見せ、すぐ向きなおって、

「十年もめえのことでございまさあ」

「ああ、そこはもう知ってらあ。なにもかもな」

李之助は返し、

「出だしが十年めえだかどうか知らねえが、ここ数日のことをどう切り抜けるか、いまはそのほうが大事《でえじ》じゃねえのかい」

「へえ」

壱郎治は杢之助を見つめてうなずいた。木戸番小屋に来るとき、いつも覚えていた戸惑いを払拭したようだ。

杢之助は言う。

「いまの鳴海屋の夫婦、許せねえ。若《わ》え《け》兵輔の気持ちは分かるが、巳之助とお松の夫婦に乗せられているのが、なんとも哀《あわ》れに見えらあ」

「それは……」

杢之助が〝兵輔の気持ちは分かる〟と言ったことに、やはり壱郎治は戸惑いを見せた。さすがに兵輔に対しては、複雑な思いがあるようだ。

「きょう兵輔が向かいの茶店に来たのは……」

杢之助は話題を現在《いま》に戻し、

「兵輔なあ、こっちの車町に越して来たぜ」

「えっ、車町に！　すぐ近くじゃねえですかい。木戸番さん、なにか知っていなさらねえかと思って来たのでやすが、こうもどんぴしゃりたあ驚きでさあ。来てよござんした。ともかくあの若《わ》え《け》の、不意に品川のねぐらを引き払ったみてえで、心配《しんぺえ》になりやして……」

兵輔の引っ越しに気づいていたらしい。広い町場とはいえ、やはり壱郎治は兵輔とおなじ界隈に住んでいることを気にしていたようだ。

李之助は無言でうなずき、新たな長屋をすでに確認し、近くに木賃宿と小さな賭場の看板を張っている二本松一家に、その動きを見張るよう頼んだことを話した。もちろん長屋の場所も、どの部屋かも語った。

「さすが木戸番さん、そういう一家ともつき合いがありなさるんで」

壱郎治は感心しながら聞いている。

さらに李之助は、いましがた兵輔が長屋から向かいの茶店に来て、お千佳に品川から来る男に注意しておいてくれと頼んだことも話した。

「それはっ」

と、壱郎治は強い反応を見せた。兵輔が壱郎治の動きを気にかけていることが、はっきりしたのだ。

「心配しなさんな。きょうおめえさんが番小屋《ここ》に入《へえ》ったこと、お千佳坊は気づいちやいねえ。だからあしたもこの時分か、陽が落ちた時刻にしなせえと言ったのさ」

「木戸、木戸番さんの厚意、あ、ありがてえですぜ」

返答の声がうわずっている。

——近い！

杢之助は覚《さと》った。

外はもうすっかり暗い。

「どうしなさる」

杢之助は壱郎治の顔をのぞきこむ仕草をとった。

壱郎治の動きによって、杢之助の動きも決まるのだ。壱郎治だけではない。きょうはもう遅いが、たぶんあすあさっての兵輔と巳之助の動きも、杢之助にどう腰を上げさせるかの要因になるのだ。

差しにあぐらを組んだまま、杢之助はふたたび淡い灯芯一本の灯りのなかに、壱郎治の表情をのぞき見る仕草になった。

気のせいか壱郎治はその視線を避けるようすを見せた。

(迷っておるな。無理もねえ、相手からの殺しを防ぐと同時に、てめえからも仕掛けようってんだからなあ)

杢之助は思い、壱郎治もまた、

(この木戸番、このめえは助《す》けてくれたが、こんどは……。俺の動きを探ろうとしているような)

焦《あせ》り、訝《いぶか》っているように見受けられる。

奇妙な沈黙が数呼吸のあいだつづき、

「おぉう、時の経《た》つのは早《はえ》えもんだぜ。きょうもまた最初の夜まわりの時刻が来ちまったい」

言いながら杢之助は腰をねじり、脇に置いてある提灯と拍子木を引き寄せた。

壱郎治が言う。

「木戸番さん、めえも不思議に思ったが、よう時刻が分かりやすなあ」

「あはは。慣《な》れよ、慣れ」

言ったときに、いずれの寺か鐘《かね》の音が聞こえてきた。時ノ鐘ではないが、どこかの僧が修行のため打っているのだ。前回は波の音で気づかなかった。

「ほう」

壱郎治は得心し、座がやわらいだ。

杢之助は提灯に火を入れ、

「どうでえ、きょうもついて来なさるかい。ゆっくりと夜の町に歩を踏みゃあ、気も落ち着きやすぜ」

「え、まあ、遠慮しときまさあ」

一瞬、壱郎治は迷ったようだ。

「そうかい。今宵はまっすぐ品川に帰《けえ》るかい」

「まあ」

番小屋の火を消し、外に出ると、壱郎治は街道に出てから自分の提灯に杢之助の提灯から火を入れ、品川のほうへ向かった。杢之助がそうするように言ったのだ。提灯の灯りがふたつ同時に木戸番小屋から出たのでは、誰かに見られ怪しまれるかも知れない。兵輔や巳之助が木戸番小屋に誰か来ているのに気づき、壱郎治ではと疑い、見張っていないとも限らないのだ。杢之助の考え過ぎかも知れない。だが事態はいま、切羽詰まっているのだ。

まず杢之助が提灯を手に街道まで出て、数呼吸あいだを置いてから暗闇のなかに壱郎治が街道に出た。木戸をすこし離れてから壱郎治の提灯に火を入れた。もし見張っている者がいたとしても、提灯を手に番小屋を出たのはひとりで、もうひとりは見えなかったはずだ。もちろん杢之助は外に出たとき、周囲に怪しげな気配のないことを探《さぐ》った。

街道で壱郎治を見送るとき、

「きょうは向こうのふたり、動いていねえと思うが、もし襲われたなら提灯の火を消して一目散に逃げなせえ。逃げるほうにとっちゃ、闇は一番の味方さね」

「えっ。木戸番さん、身に覚えが？」

「あははは。飛脚であちこちをまわっていると、思わぬ相手から日常じゃねえ話を聞いたりするもんでね」

「さようですかい。きょうはいい話を聞かせてもらいやした」

兵輔のことを言っているのだろう。そのまま壱郎治は品川のほうに向かい、杢之助は番小屋の前に引き返し、

——チョーン

拍子木をひと打ちし、坂上に歩を進めた。

五

「おっ、もうご門前か」

つぶやいた。いつのまに坂道を上り切ったか、覚えていない。気がついたら、すでに泉岳寺の山門《さんもん》前に立っていた。

(尋常じゃねえ。みょうだ)

足はいつもの夜まわりの道を踏んでいるが、脳裡は別のことに占められていた。

さきほど用心深く見送った壱郎治のようすだ。〝きょうもついて来るか〟と言ったとき、壱郎治は一瞬だったが、確かに戸惑いを見せた。

（なにかを考えていやがった。それも、夜まわりと微妙に係り合った……）

そのとき杢之助の脳裡は、瞬間的に解釈した。

その内容が、実際夜まわりに出たとき脳裡によみがえり、

（係り合った別のなにか……、いったい、それは？）

坂道に歩を踏む一歩一歩に、その疑念は大きくなり、泉岳寺の山門前を踏んだとき、脳裡全体を占めていたのだ。

（まさか!?）

否定したが、

（いや、あり得る）

すぐ肯是《こうぜ》する思いになり、

――チョーン
拍子木を打ち、火の用心の口上《こうじょう》を口にした。

脳裡はいつもの夜まわりに戻った。

だが、一度脳裡を占めた疑念を、払拭《ふっしょく》したわけではない。いまも脳裡の一角を、

が、それを壱郎治は実際に見ている。二回目のとき灯りのある家はなく、町で灯りといえば夜まわりの提灯と山門の常夜灯だけになることは杢之助が話し、

拍子木と口上を交互に、町の夜道に踏み出した。

一回目のときは、まだチラホラと灯りのついている家もある。それを壱郎治は実際に見ている。二回目のとき灯りのある家はなく、町で灯りといえば夜まわりの提灯と山門の常夜灯だけになることは杢之助が話し、

（なるほど、それが時の経過というものか）

と、壱郎治は思ったものである。

つぎの角を曲がれば、そこに鳴海屋がある。向かいは小間物屋だ。

杢之助は周囲に気を配りながら近辺を一巡した。

鳴海屋の家屋に灯りがあるのが、かすかに感じられる。家人らはまだ起きているようだ。

杢之助の脳裡から消えない疑念は、それだった。

壱郎治は先手必勝を思い立った。今宵、一回目と二回目の夜まわりのあいだに鳴海屋を襲い、巳之助とお松を葬《ほうむ》る。そのあと杢之助から聞いた車町の長屋に押し込み、兵輔を刺す。

杢之助と一緒に火の用心にまわったことが、壱郎治にその策を思いつかせた。今

宵、匕首をふところに忍ばせていた。心ノ臓が高鳴る。

鳴海屋の前を過ぎ、ホッとした。気配はなかった。

だが、まだ安心はできない。いずれかに潜《ひそ》み、鳴海屋の奥に灯りの消えるのを待っているかも知れない。

町内を一巡し、街道に出て木戸番小屋の前に戻った。

提灯の火を吹き消し、下駄をわらじに履き替え、ふたたび坂道に歩を踏んだ。灯りなしで往還を走る。むかしから杢之助の得意とするところだ。いまは老いてめったに走りはしないが、それでも夜目が利くせいか、足取りはしっかりしている。鳴海屋のある枝道に戻った。

思ったとおり、鳴海屋に灯りの気配はなかった。今宵も木戸番人の拍子木の音を聞き、安心して眠りに入ったか。

杢之助はしばらく鳴海屋の見える角に身を潜め、息を殺した。壱郎治の身になって考えてみたのだ。

殺《や》らなければ殺られる。ならば、殺るしかない。いつ……、今宵。相手はふたりだ。木戸番人が一回目の夜まわりを終えたあと鳴海屋を襲い、その足で車町の長屋に向かう。車町では誰が火の用心にまわっているのか知らない。いずれしがない爺さんだろう。それが二回目をまわるまえに長屋を襲う。杢之助から場所だけでなく、部屋まで聞いている。

物音を立てずに実行すれば、周囲が気づくのはあしたの朝、壱郎治はそのころ品川のねぐらで、高いびきを決め込んでいようか。

杢之助の勘があたっておれば、壱郎治はいまおなじ闇のなかで、

（十年めえの、まえの鳴海屋の偽装の一家心中を思い起こし、末を誓って自死した女中に涙していようか）

まったく、まえの鳴海屋七兵衛は非道そのものだった。勢い余って五歳の娘まで葬ったのには嫌悪を覚えるが、いま壱郎治の胸中に込み上げている憎しみは、そのときのものに似ていようか。

巳之助とお松だ。十年まえ、共犯者であったはずだ。それなのに生きていた兵輔を虚偽の話でまるめこみ、こともあろうに組んで自分を殺そうとしている。その話を聞いたとき杢之助も、

（儂が言えた義理じゃねえが、許せねえぜ）

心底《しんそこ》思った。

だが杢之助は、闇に気配を探りながら、

（いけねえぜ、そこにゃ松江と巳市がいる。五歳と三歳だぜ。まえの鳴海屋を襲ったときの失態を思い起こせ）

胸中に念じている。

心ノ臓が高鳴り、ひと呼吸ひと呼吸が長く感じられる。

（うーむ。儂の取り越し苦労だったか）

ホッとした気分になり、身の緊張を解き引き揚げようとしたとき、

（ん？　あれは⁉）

向かいの小間物屋の角に、黒い影が動いた。

杢之助は走り、小間物屋の雨戸に張りついた。角の影と十尺（およそ三米《メートル》）ばかりの至近距離だ。さすがに影も気がついたか動きをとめるというより、身を硬《こう》直《ちょく》させたようだ。間違いない。壱郎治だ。泉岳寺門前での瞬間的な勘に狂いはなかった。

杢之助は小間物屋の雨戸に背を張りつけたまま、壱郎治に近づいた。五尺ばかりになり、壱郎治の心ノ臓の高鳴りが感じられる。

言った。雨戸の内側には聞こえない、押し殺した声だ。

「儂が誰だか分かるな」

「き、木戸番さんっ」

抑えているが、うわずった声だ。

「言ったはずだぜ。この町で殺しはさせねえ、と」

「…………」

「ともかく、他人《ひと》に知られねえうちに帰《けえ》んな」

「木戸番さん」

ふたたび言った声は、落ち着きを取り戻していた。今宵の殺しは断念したのだ。

身を動かそうとする壱郎治に杢之助は、

「あした、陽が落ちたころ、来《き》ねえ。この鳴海屋や兵輔の動きで分かったことがありゃあ、教えてやらあ」

「木戸、木戸番さん！　ほんとに……」

なにを言おうとしたのか分からないが、身をかがめ用心深く歩を拾い始めた。闇のなかに、影は気配とともにすぐ見えなくなった。

杢之助も雨戸から離れ、鳴海屋に向かって、

（今宵、親子そろってゆっくり休みなせえ）

念じ、木戸番小屋に戻った。

（きょうはもう、おとなしく品川に戻るだろう）

杢之助は確信しているが、それでも念のためだ。提灯の火は吹き消したが、油皿には移さなかった。暗い。もしも壱郎治がふたたび悪い気を起こし、木戸番小屋まで偵察に来て灯りがついていなかったら、木戸番人が鳴海屋の近くに張っているだろうと思い、高まった気分を抑えるだろう。

二回目の火の用心にまわるとき、泉岳寺ご門前の常夜灯から提灯に火をとった。やはり夜まわりには、提灯の火が必要だ。

すでに灯りのある家はなかった。だからいつも二回目のときは、拍子木の音はむろん、火の用心の口上もひかえめにする。鳴海屋の周辺は、とくに念入りにまわった。人の潜んでいる気配はなかった。

「ま、そうだろう」

ひかえめに打った拍子木の音のあと、低くつぶやいた。

番小屋に戻り、火を吹き消し、ふとんをかぶった。

（やっこさん、なにを言おうとした）

ふと思い起こした。〝木戸番さん！　ほんとに……〟のあとだ。

——向こうの動き、教えてくれるのか

——俺の味方に

予想し、胸中につぶやいた。

(どっちも当たってるぜ。じゃが、おめえだけの味方じゃねえ。全員の味方だ。ひとりも死なせねえってことさ)

六

日の出まえに木戸を開けるとき、

「おぉ、きょうは冷えるなあ」

すでに木戸の外に来ている棒手振《ぼてふり》たちに、思わず杢之助は言った。

長月《ながつき》(九月)も中旬であれば晩秋で、まもなく冬の足音を聞く。きのうは気が立っていたせいか季節を感じなかったが、きょうは朝から空気の冷たさを覚える。そのなかに町内のあちこちから朝の煙が立ち始める。昨夜、町内で夫婦刺殺の悲劇が起ころうとしていたことなど、杢之助以外、誰も知らない。

(人知れず事件を処理する)

その意味で杢之助は満足を覚えていた。だから夜は、ともかく眠ることができた

のだ。だがこのあと、

（なにがどうころぶ）

分からない。

きょう木戸を開けたときから、杢之助の念頭にあるのは、

（来なせえ、巳之助どん、兵輔どん、壱郎治どん）

昨夜の壱郎治のように、三人が動いてくれないと、策の立てようがないのだ。

（陽が落ちりゃあ、壱郎治はかならず来る）

杢之助は思っている。

兵輔もお千佳のところに来る。壱郎治の動きを知りたいはずだ。

（巳之助どんもお松さんも、さあ、木戸番小屋はおめえさんらが知りたがっている話に、こと欠かねえぜ）

朝から思いはつのる。

「いらっしゃいませ」

お千佳の声だ。出したばかりの縁台に、早くも泉岳寺への参詣人が腰を下ろしたようだ。

町内から他所《よそ》へ仕事に出かける住人が、杢之助に声をかけていく。そのなかに鳴

海屋巳之助の姿はなかった。

(そんなら、お松さん。世間話にふらりと来ねえかい)

思うが、その下駄の音が聞こえない。

午時分《ひる》になった。

お千佳の客を迎える声は常に聞こえるが、いずれも兵輔ではないようだ。

(だが、きっと来る)

杢之助は確信している。

訪ねて来た者はいた。馬糞集めの若手三人衆だ。乾燥した牛馬糞を入れる籠《かご》を背負い、挟み棒を手にしている。どの町に行っても重宝《ちょうほう》されている。三人にその仕事を与えたのは、二本松一家だ。これも杢之助が、一家の親方丑蔵に好感を持つ理由のひとつになっている。

ことし十七歳と最年長の嘉助が言う。

「仕事に出ようとすると、浜の兄いから木戸番小屋へ言付《ことづ》けを頼まれやして、へえ」

兵輔に動きがあったようだ。

「ほう、どんな」

番小屋の三和土に立った三人に、杢之助は腰を浮かした。

「なんだか知りやせんが、さっき長屋の住人が門前町のほうへ出かけた、と。それだけでさあ」

「なんのことかあっしらにゃ分かりやせんが、木戸番さんにそう伝えるだけでいいって」

十六歳の耕助がつなぎ、十五歳の蓑助がしきりにうなずいている。

「ああ、それでじゅうぶんだ。ありがとうよ。さあ、きょうも仕事に行ってきねえ。どの町のお人らも、おめえらが来るのを待っていなさるからなあ」

事実だ。三人のやっている仕事は、誰もが嫌がる町々の掃除なのだ。

「へえ」

三人はそろって敷居をまたぎ、街道に出た。来た方向に引き返したが、きょうは大木戸のあたりの清掃か、三人は浜甲の言付けを持って、わざわざ木戸番小屋のほうへまわり道をしたようだ。

杢之助は三人の背を見送り、すり切れ畳に腰を据えなおし、

（そうか。兵輔め、鳴海屋に行ったか。動き出したな）

胸中につぶやき、身を引き締めた。

兵輔が坂道を下りて来てお千佳に、

「ちょいと邪魔させてもらうぜ」

と、茶店の縁台に腰を下ろしたのは、午《ひる》をかなりまわった時分だった。鳴海屋でけっこう話し込んでいたようだ。

杢之助は番小屋の中から注視した。

声までは聞こえないが、お茶を出したお千佳とひとことふたこと交わした。内容は分かる。

「きのう訊いた、品川からのお客人はその後、こっちへ来ていませんかね」

「ああ、あのお人。気をつけているのですが、きのうの午後もきょうの午前《ひるまえ》も見ておりません」

そうやりとりしているはずだ。

昨夜、その〝お客人〟が巳之助とお松を殺そうと鳴海屋に近づいたことなど、お千佳が知る由《よし》もない。いましがたまで兵輔と話し込んでいたであろう巳之助とお松も、気づいてはいない。

「そうですか」

若い商人の物腰で兵輔が返したとき、

「やあ、兵輔どんだったねえ。あたらしい長屋は、もう落ち着いたかい」

杢之助は言いながらおもてに出た。茶飲み客と茶汲《ちゃく》み女の軽い会話に、向かいの木戸番人がついでのように加わる。その客と木戸番人はすでに顔なじみだ。縁台はまったく自然のながれに見える。

「あら、木戸番さん。きのう話したでしょ。品川からのお客人が来たら、教えてくれって。この人なの」

「ほう、そうかい。お千佳坊に言われ、儂も気をつけていたが、見なかったなあ」

お千佳が言ったのへ杢之助が返し、兵輔は話が木戸番人にも行っているのを驚くよりも、うまくそれに合わせた。背景《わけ》は違ってもいつぞやの杢之助のようで、なかなか機転が利く。

「これはこれは。木戸番さんまで気を遣《つか》ってくれていたとはありがたい。きょうはまだ陽が高い。このあとも、またあしたもよろしゅうに」

縁台に座ったまま、目の前に立っている杢之助とお千佳の顔を交互に見て言い、茶代を置いて腰を上げ、

「それじゃ、また来ますよ」

と、坂道に向かった。

「ありがとうございます。あ、そちらからお帰りなのですね」

お千佳が言うと、兵輔はかすかにふり返ってうなずきを見せ、あらためて坂上に歩を進めた。李之助はそこにうなずきを返した。

お千佳は兵輔が門前通りの途中で枝道に入り、車町の長屋に帰ると思ったのだろう。だが李之助は、兵輔は鳴海屋に戻ると踏んだ。巳之助たちとの謀議《ぼうぎ》のなかで、壱郎治が鳴海屋を窺《うかが》う動きをしていないかどうか知る必要ができ、それならと兵輔が偵察に茶店まで出て来たのだろう。聞けば壱郎治は動いていない。

お千佳は坂上のほうへ目をやり、

「兵輔さん、こっちへ越して来て、もう日向亭《うち》のお客さんになってくれないかと思ってたら、そうでもなかった。よかったあ」

「若《わけ》えのに、みょうなことを気にする男だなあ」

李之助は言いながら番小屋に戻り、お千佳は他の客の応対に入った。

すり切れ畳の上である。

李之助は落ち着かなかった。

巳之助と兵輔、それにお松は、いままさに壱郎治殺害の謀議を重ねている。しか

も兵輔は壱郎治の動きについて、〝きょうはまだ陽が高い……、またあしたも〟などと言っていた。殺《や》るのは、

(きょう、あしたに迫っているってことかい)

思えてくる。

落ち着けるはずがない。

(今宵、壱郎治め、来て大丈夫か)

防ぐつもりが逆に巳之助たちに、壱郎治殺害の機会を与えることになるかも知れない。

だがそれは、杢之助にとっては事態解決の、唯一の機会でもあるのだ。

(来《こ》よ)

杢之助はまた胸中に念じた。

七

来た。

だが、早すぎる。

兵輔がお千佳に〝品川からのお客人〟と言っていた、壱郎治だ。陽は西の空に大きくかたむいているが、まだ落ちてはいない。杢之助は〝陽が落ちてから〟と言っていたのだ。

お千佳はまだ縁台の脇に立ち、客の来るのを待っている。杢之助もたまたま番小屋の前に出ていた。

そこへ街道を品川方向から大木戸方向へ、笠で顔を隠すように歩を踏む軽い旅姿の男がいた。街道で旅姿など珍しくはないが、その体つきから、

（ん？　壱郎治どん）

男が茶店の前を通り過ぎ、その背に杢之助は気づいた。

お千佳も気づいたようだ。

「木戸番さん、見ました？　さっき街道を通り過ぎた笠の人。兵輔さんが言っていた品川のお人では？」

（まずい）

杢之助は思ったが、否定したりすればかえって不自然で、お千佳は不思議に思うだろう。

「ん、そのようだなあ。顔を隠すように通り過ぎるとはみょうな」

お千佳が感じたであろう疑問を口にした。

「どうしましょう。兵輔さんにこのこと話してあげなきゃ」

杢之助はとめなかった。とめればやはり不自然だ。それよりも、壱郎治はなにやら焦っていたようだ。一方の巳之助と兵輔も、お松も含め切羽詰まった思いになっているはずだ。

（ここはひとつ、双方を抑え込むよりは動かし、殺しの現場をつくり出させるほうが、事態解決への近道になるかも知れない）

判断した。

思ったら動きは速かった。

「午過《ひる》ぎに来た兵輔とかいう若いお客人、きょう夕刻にでもまた来そうだったじゃないか。それを待って知らせてやったら」

「そうですね。来るの、待ちましょう。来ればきっとよろこぶと思います」

「ああ、そうしてやんねえ。きょうのあのようすじゃ、夕刻めえにきっと来《く》らあ」

言うと杢之助はまた番小屋に戻り、すり切れ畳の上にあぐらを組み、

（まさか、壱郎治）

思った。

（車町の長屋へ、兵輔を殺しに）

安堵した。

兵輔はいま門前町の鳴海屋に出向いており、長屋にはいない。いたとしても、二本松一家の浜甲の目がある。殺しなどさせないだろう。

さらに、

（兵輔を殺《や》ったあと、きのうみてえに鳴海屋を窺い、隙《すき》をみて押し入る算段かい。番小屋に来るめえかあとか知らねえが、きのうできなかったのとおなじことを繰り返《けえ》そうなんざ、芸がねえぜ）

それほどに壱郎治は、追いつめられた思いになっている。それは巳之助と兵輔についてもおなじだった。

杢之助の勘は当たっていた。

はたして陽のあるうちに、兵輔がまたお千佳を訪ねて来た。こんどは同時に木戸番小屋にも顔を出した。

まずお千佳に問うと、

「ええ、来ました。それがおかしいんですよ。まるであたしたちに顔を隠すように速足で茶店《うち》の前を通り過ぎ、大木戸のほうへ行きました」

言ったとき、兵輔の表情は一瞬緊張に固まったようだった。壱郎治の意図を察したのだろう。

(鳴海屋にも、きっと来る)

思ったかも知れない。

お千佳が木戸番さんも見ていたと話したから、ふり返って番小屋にも顔を見せ、

「品川からのお客人、ああ、通り過ぎたから客ではございませんでしたか」

「ああ、お千佳坊の言ったとおりだ。茶店の客にはならず、ありゃあ慥かに笠で顔を隠してやがったなあ。しかも足早《あしばや》によ、大木戸のほうへ行きよった。そのほうに急な用でもできたみてえな、そんなようすだったぜ」

杢之助は兵輔をけしかけるように言う。

反応した。

「さよう、さようですかい」

兵輔は言うと、知らせてくれた礼もそこそこに、

「また来まさあ」

きびすを返し、坂上に歩を進めた。

「ああ、またそちらからお帰りで」

その背にお千佳がふたたび声を投げると、

「ああ」

兵輔はふり返って肯是《こうぜ》し、ふたたび坂上に向かった。坂上といっても、坂のなかほどですぐそこだが。

(鳴海屋に戻るかい。おめえらも切羽詰まっているようだな)

杢之助は思うよりも、確信した。

心ノ臓が高鳴る。これからいずれかで、殺し殺される惨劇《さんげき》が展開されようとしているのだ。

(どうやって平《たい》らかに、どうやって……)

杢之助の脳裡は、ともかく迷いを払拭しようとしていた。

# 蹴りの成果

## 一

晩秋に冬の朝を感じた一日は、まだ終わっていない。

だが茶店の縁台はすでにかたづけられ、お千佳《ちか》の姿もそこにない。木戸番小屋も灯りをつけ、障子戸を閉めている。

陽が落ち、これから急速に暗くなる。

脳裡から迷いを払拭しても、策がそこに取って代わったわけではない。なにをどうすべきか、考えが具体性を帯びてきたのだ。

夕刻近くに壱郎治《いちろうじ》が高輪車町《たかなわくるまちょう》のほうに向かったことを、お千佳と杢之助から聞いた兵輔《ひょうすけ》は、まだ泉岳寺門前町の鳴海屋《なるみや》にいるのか。

（いるだろう）

杢之助は予測ではなく、確信している。匕首《あいくち》をふところにした壱郎治が、車町の長屋の近辺を徘徊《はいかい》しているのだ。

壱郎治はすでに杢之助から聞いた長屋を窺《うかが》い、兵輔のいないことを確かめているはずだ。

（さあ壱郎治どん、どうする。番小屋《こ こ》へ来るかい）

杢之助は念じるが、そのとき兵輔の居場所を教えるかどうか……、まだ決めかねている。教えてやり、その足で鳴海屋に向かったりすればコトだ。

半面、

（今宵のうちに事態を平《たい》らかにするにゃあ、それもありか）

念頭にながれる。

だが、夜とはいえ、町中で人知れず事態を収めるのは、

（ちと難しいか）

思いもする。

つまり、どう処理するか、まだ決まっていないのだ。

「ま、いいだろう」

小さくつぶやいた。木戸番人として木戸番小屋を拠点にする杢之助は、あくまで相手の動きに合わせて自分の動きを決めることになる。自分で事前に決めることは

困難だ。

（さあて、いま……事態は動いておる）

木戸番小屋に留《とど》まっていても、今宵《こよい》はいつもの夜とは異なる。

「おっ」

腰高障子の向こうに人の気配、提灯の灯りも……。

「木戸番さん、いなさろうかい」

壱郎治なら声で分かる。

（ん？　聞き覚えはあるが）

腰高障子が外から開けられた。

「おぉう、これは二本松の代貸、浜甲《はまこう》どん。どうしなすった。言付《ことづ》けならあの三人衆を寄こせば」

「木戸番さんにとっちゃ大事《でぇじ》な話じゃねえかと思い、あっしが直《じか》に……」

抑《おさ》えた声で言いながら三和土に立ち、提灯の火を吹き消し、うしろ手で腰高障子を閉めた。やはり嘉助たちには任せられない、大事な話を持って来たようだ。

「そこじゃなんだ。すり切れ畳だが、上がってくんねえ」

「へえ」

と、浜甲は畳に上がり杢之助と差しにあぐらを組むだけでも、動作がきびきびとしている。さすがは丑蔵が見込んでいる男だ。話もさっさと本題に入る。

「頼まれていた兵輔の動きでやすが、みょうなおまけがつきやしたぜ」

杢之助には〝みょうなおまけ〟が、壱郎治であることがすぐに分かった。

用心のためか、浜甲は端《はな》から腰高障子の外側には聞こえないほどに声を落としている。

「兵輔が午間《ひるま》、門前町のほうへ出かけたのはすでに知らせたとおりでやすが、そのあと、夕刻近くに一度帰《けえ》ってきやして。それがみょうなので」

「ほう」

「二本松《うち》の若《わか》い衆《し》の話じゃ、てめえの長屋の部屋には入《へえ》らず、まるで他人《ひと》のねぐらでも探るみてえにまわりを一巡しやして、そのまま来た道を返《けえ》しやしたんで。門前町の方向でさあ」

「で、〝おまけ〟とは、兵輔よりも歳を喰った、ちょいとくだけたお店者《たなもの》風で、遊び人には見えねえ男……」

「おっ、木戸番さん、もう見当つけなすったかい。若い衆に言われ、あっしもちょいと出向いたのでやすが、そのとおりの男で」

「つづけてくんねえ。その男については、あとで説明すらあ」

「やはり木戸番さんにゃ、大事《でえじ》な話のようで」

「そのとおりだ。さあ」

杢之助はさきをうながした。

「男は長屋の留守を用心深そうに確かめると、街道《けえどう》のほうへ向かいやした」

「また途中で口を入れてすまねえが、その男と兵輔が長屋の近くでばったり出会わねえまでも、どちらかがどちらかの存在に気づき、知らぬふりを決め込んだってようすはなかったかい」

「あっしが見たのは長屋の近くでやしたが、それはなかったようで」

ふたりは行き違いになったようだ。

しかし兵輔は、壱郎治が車町に向かったのを知っている。だから長屋の周辺を確かめに出向いたのだろう。直接その姿を確認しておらずとも、長屋の住人に訊《き》くなどして、その痕跡《こんせき》はつかんでいるはずだ。そのうえで鳴海屋に戻り、いま巳之助《みのすけ》、お松《まつ》となにやら話し込んでいることになろうか。

浜甲はつづける。

「あとは若い衆に任せたのでやすが、それによりゃあ、やっこさん、なにを思ったか街道《けえどう》に出ると、大木戸の手前あたりで海岸べりに向かい、あそこの松林の草むらに身を隠し、そのまま出てこねえとか。これはみょうだと思い、あっしが木戸番さんに知らせに来たしだいで」

街道で府内から高輪大木戸を抜ければ、家が並んでいるのは片方だけとなる。高輪車町の町並みだ。もう片方は海岸の浜辺が街道近くまで迫っている。その浜辺の草むらに、壱郎治は匕首をふところに潜んだ。

杢之助はそれを聞いた瞬間、壱郎治が今夜中に兵輔を討ち、その足で門前町に向かい、返す刃《やいば》で巳之助も刺そうと算段していると確信した。

「ならばその男、いまも海岸の草むらに潜んでいるってえ寸法になるなあ」

「そのようで」

「浜甲どん、よう知らせてくだすった。これで町中での流血の騒ぎは、なんとか防げまさあ」

「流血の騒ぎ？　なんですかい、それは」

「兵輔が不審なことはすでに話したとおりだが、その兵輔と係り合いがありそうだとおめえさんらが目をつけた男、壱郎治というて……」

と、杢之助は鳴海屋巳之助の名も出し、十年まえまでさかのぼってそれらの組み合わせをかいつまんで話した。

浜甲の呑み込みは早く、

「ほっ、そんなら騒動を起こしそうなのはその三人ですかい。分かりやした。丑蔵親方からも言われておりやす。木戸番さんの求めに応じ、助《す》けてやれと」

「ありがてえ。今宵ひと晩、一家に幾人か待機《たいき》し、街道で騒ぎが起こりゃあすぐ駈けつけ、なにごともなかったように抑え込んでくんねえ」

「ほっ、丑蔵親方の言ったとおりだ。ともかく木戸番さん、自分の手で人知れず処理しようとしなすっている。つまり、なにやら手違いがあって騒ぎになっちまったならあっしらが出張《でば》り、三人を抑え込みゃあいいわけでござんすね。承知しやした。今宵ひと晩二本松に待機し、街道にゃ目立たねえよう物見《ものみ》をひとりかふたり、出しておきまさあ」

杢之助は断らなかった。失敗したときのあと始末を、一家に頼んだ。頼んだというより、

——町に騒ぎを起こさせねえ
一家の本来の役どころに徹《てっ》し、それまでは手出し無用と依頼したのだ。

「心おきのう、存分にやってくだせえ」

浜甲は言い、ふたたび提灯に火を入れた。〝二本松〟と大きく墨書されている。

今宵、この提灯がいくつも街道に出たなら、それは三人の殺し合いを杢之助が抑え込めず、死人《しびと》がひとりくらい出たときであろう。深夜の街道はいよいよ騒ぎになり、杢之助の意図する〝人知れず解決〟とはほど遠いものとなる。

浜甲は木戸番小屋を引き揚げた。すり切れ畳の上から見送る杢之助の表情は、覚悟の色に満ちていた。

二

いま、狭い範囲に三人の役者がそろっている。

兵輔は巳之助の鳴海屋に身を寄せ、壱郎治は海岸の草むらに身を隠し、ときおり町場の長屋を探りに出向く。部屋に灯りはなく、帰っていない。

(野郎、どこへ行きやがった)

思いながら海岸の松林の草むらに戻る。

壱郎治が長屋を窺っているのを知りながら、兵輔が帰って来るはずがない。出くわせば、双方その場で匕首を振りかざし殺し合いが始まるのだ。

一回目の夜まわりには、まだいくらかの余裕がある。木戸番小屋でひとり、杢之助は念じた。

(巳之助に兵輔よ、おめえら鳴海屋から動かねえのかい。逃げてたんじゃこの騒ぎ、いつまでも収まらねえぜ。仕掛けられたなら、仕掛け返《けえ》さねえのかい)

いま鳴海屋でふたりがお松をまじえなにを話しているのか、

(標的の壱郎治がよ、いまいずれに潜んでいるか知りたくねえかい)

教えてやりたくなった。そうすれば、事態は急速に動き出すだろう。そこにこそ、杢之助の出番が生まれるはずだ。

巳之助と兵輔も、仕掛けには仕掛け返すのが、最も効果的な防御となるのを知らないはずはないだろう。かれらはいま、ふたり対ひとりの殺し合いの最中にあるのだ。

(おめえさんらに、儂の出番の幕を上げてもらおうかい)

杢之助は決した。夜まわりの時間ではないが、番小屋の提灯を手に拍子木の紐を首にかけ、部屋の油皿の火を吹き消した。

下駄をつっかけ、外に出る。

定刻の夜まわりなら、まず坂上に向かって拍子木をひと打ちするのだが、いまは音なしで口上もない。それでも夜まわりの体裁を整えているのは、住人に出会ったなら、時間はずれの夜まわりに見せるためだ。誰もみょうに思わず、逆に安心するだろう。

坂道を上り、なかほどで枝道に入った。鳴海屋への道である。まだ灯りのある家は多い。

音なしのまま、鳴海屋の前に立った。雨戸は閉められている。屋内を窺っても提灯を手にしているから、盗賊には見えない。足元も下駄である。

雨戸の内側には、灯りがあるようだ。

気配をすくい取ろうと、しばらく耳をすました。

人が動いているようだ。番小屋によく遊びに来る、松江と巳市の顔が浮かんだ。

だが、子供の動きではない。

(これからおとなたちが出かける?)

そんな気配だ。

そっと鳴海屋の前を離れ、角からようすを見るかたちをとった。杢之助が、巳之助と兵輔に仕掛ける正念場だ。

雨戸のくぐり戸が動いた。

二張《ふたはり》の提灯が出てきた。巳之助と兵輔だ。くぐり戸の中にも灯りが揺れているのはお松だろう。見送りか。

（どこへ向かう）

最初の一歩で分かる。

ふたりはおもての門前通りに向かうのではなく、裏手になる品川方向への枝道に入ろうとした。

即座に杢之助は解した。やがて壱郎治は今宵の兵輔殺しをあきらめ、夜の街道を品川に帰ろうとする。そこをふたりで襲う。挟み撃ちのかたちで……。

（芸がねえぜ、前回とおんなじなんざ）

杢之助は思い、角から通りに姿を見せ、

――チョーン
拍子木をひと打ちした。

時ならぬ、しかも突然の拍子木の響きに、

「うっ」

ふたりは身を硬直させ、音のほうへふり返った。雨戸からももうひとつの顔がのぞいた。お松だ。

李之助も提灯を手にしている。

「なんでえ、この町の番太じゃねえかい」

「いま、夜まわりの時間などじゃ……」

巳之助がホッとしたように言ったのへ、兵輔が不思議そうにつないだ。

「おやおや、鳴海屋さん。兵輔どんも一緒に？　こんな時分、どちらへ」

提灯を前にかざし歩み寄る李之助に、

「ええ。兵輔さんがおいでになってうちの人とすっかり話し込み、帰りがこんな時分になってしまったもので、ちょいとそこまでお見送りにと、主人が」

おもてに出てきたお松が応じた。

「それよりも、なんでこんな時分に夜まわりなど？」

それぞれが提灯を手に、夜の鳴海屋の前で立ち話のかたちになっている。事態は李之助の思惑どおりに進んでいる。この場を住人の誰かが見ても、ひとりは木戸番人なので怪しんだりはしないだろう。

巳之助の問いに李之助は返した。李之助の語り口調は淡々としていた。

「門前町《うち》の番小屋にふらりと来た二本松一家《の》の若い衆が、気になることを言うもんでなあ。ああ、二本松にゃ昵懇《じっこん》にしている者がいてよ」

「それはともかく、気になることとはどんなことなんで」

兵輔が反応した。二本松一家は兵輔の新たなねぐらのすぐ近くだ。

「それがよ、どうやらおめえさんに係り合いがありそうなことでなあ」

「えっ」

「どんな」

兵輔だけでなく、巳之助も乗ってきた。

「ほれ、きょう午間《ひるま》、おめえに話したろう」

と、李之助は兵輔に提灯の灯りとともに視線を向け、

「おめえが儂とお千佳坊に、来たら教えろと言っていた品川からのお人なあ。それらしいのがおめえの新しいねぐらのあたりをうろうろして、二本松の若い衆が気にしたらしいのよ。ま、おめえの新しいねぐらってのは偶然かも知れねえがな。もっとも儂ゃあ、おめえのねぐらなんざ知らねえ」

「で、その人、まだ車町にいるのは間違いないですね」

と、兵輔は確認するように言う。

「儂もお千佳坊も、その御仁が街道を品川方向へ戻るのを見ちゃいねえ」

「まだ車町に……」

それなら、兵輔が安堵を含んだ声で言う。そのつもりでまた街道に待ち伏せしようとしていたのだ。

お松も提灯を手に、話に聞き入っている。

提灯に照らされたなかでのやりとりは、なおもつづく。

「そこがみょうなんだ」

李之助は巧《たく》みに巳之助と兵輔を乗せようとしている。

というより、すでにふたりは乗っている。

「だから、どんなふうにみょうなので」

「それを聞きてえ」

「儂もそれを話そうと思うてよ。それよりも町に揉め事を持ち込まれちゃ困るでなあ。とりあえず時ならぬ夜まわりで、町に問題のねえことを確かめておこうと思うてな。木戸番人にできることは、これしかねえからなあ」

「そのとおりだ。木戸番としては感心だ」

「それでここまで来た、と」

巳之助も兵輔も、李之助をその程度にしか見なしていないから、話への理解もみように速い。そこに李之助は合わせる。

「するってえと、兵輔どんが鳴海屋にいなすった。ちょうどよござんしたぜ。あの品川のお人のこと、どうやっておめえさんに知らせようかと思ってたところさ」

「それはそれはありがとうよ」

　兵輔は返し、問いをつづけた。

「それでその品川の、さっきも訊いたが、まだ車町なんだな」

「だから、それがみょうなのよ」

「それはもう何度も聞いた。焦《じ》れってえぜ、木戸番。いるのかいねえのか」

　巳之助が苛立《いらだ》ちもあらわに言った。壱郎治の動きが、今宵の自分たちの動きを決定するのだ。間合いを外して興味を高めさせようとする杢之助の話術に、そろそろ相手が怒りを感じても不思議はなかろう。

　杢之助は言った。

「二本松の若い衆の話じゃ、その品川の人、薄暗くなってから海辺の草むらのほうへ向かい、そのまま出て来ねえってよ。まさか海に入《へえ》ったわけじゃあるめえし、なにがなんだか分からねえ」

「あっ」

「ううっ」

巳之助と兵輔は同時に解した。お松も解したか、ふたりへかすかにうなずきを示した。

杢之助の思惑は当たった。

品川の人、すなわち壱郎治は兵輔を刺そうとしているが、長屋は留守のままなかなか戻って来ない。あたりが暗くもなる。近辺をうろついていては町の者に怪しまれる。それで人目につかない海岸の草むらに身を隠し、ころ合いをみてふたたび長屋を窺う算段……。

巳之助、兵輔、お松は同時に解釈をしたのだ。

当たっている。

「海岸の場所は、二本松のお人、言ってなかったかい」

巳之助が問う。すでに策を決めたようだ。

ますます杢之助の思惑どおりである。

「ああ、言ってた」

「どこですかい」

兵輔が問う。

「大木戸の手前の海辺だ。あのあたりの松林に、下が草むらになっているところがあるだろう。その辺らしい」

巳之助と兵輔はうなずきを交わし、

「つい立ち話で話し込んじまった。さあ、木戸番さん、火の用心、まわってきなせえ。俺はちょいとそこまで兵輔どんを見送ってくらあ」

巳之助が言い、

「それはご苦労さん。それじゃあ」

杢之助はまた拍子木を打ち、その場を離れた。木戸番小屋に戻るのだ。

番小屋に戻ると、すぐさま準備にかかった。準備といっても夜まわりのかたちはそのままに、下駄をわらじに替え、また出かけるだけだ。

火の用心の夜まわり以外で木戸番小屋を留守にするとき、向かいの日向亭翔右衛門に声をかけ、奉公人に留守居を依頼する。昼間ならお千佳に頼めるが、夜であれば番頭か手代が出て来る。だがこたびは、すでに事態が動いており、翔右衛門に説明しているいとまはない。翔右衛門は門前町と車町の町役を兼ねており、こたびの件はまさしくそのふたつの町にまたがっている。話せばさらに詳しく聞きたがるだろう。番頭か手代を手伝いにつけると言うかも知れない。修羅場で必殺の足技などくり出すことになれば、町内の者に秘技を見られることになる。

（ま、それはよかろう）

と、今回は暫時《ざんじ》、無断で番小屋を留守にすることにした。

鳴海屋も動いていた。杢之助と話しているときから、すでに巳之助、兵輔、お松はうなずきを交わしていた。

（前回とおなじ街道で待ち伏せるのでなく、襲うのは大木戸手前の海辺）

合意のうなずきだったのだ。

杢之助が鳴海屋の前を離れ、ふたたび拍子木を打ったとき、お松が言っていた。

「――あの木戸番さん、こんな大事なこと、よく知らせてくれましたねえ」

巳之助と兵輔はうなずいていた。

なぜ二本松一家の者が壱郎治のあとを追い、海岸に潜んだことまで確認し、それをわざわざ杢之助に知らせたのか……。巳之助も兵輔もお松も壱郎治殺害の場所の変更という急な事態に、疑問を疑問として考える余裕を失っていた。

三

杢之助は提灯に火を入れず、折りたたんでふところに収めている。夜中出歩くのに、火が入っていなくとも提灯は必需品だ。灯りなしで夜道に歩をとるのは、夜逃げか盗賊だ。木戸番小屋や自身番の者に見咎《みとが》められても、

『火が消えちまってねえ』

と、ふところから折りたたんだ提灯をとり出せば、なんら不審に思われることはない。〝そうかいそうかい〟とその提灯に火まで入れてくれる。しかも杢之助の場合、当人が木戸番人で、

『町の用事でちょいと』

と、言えば、いたわりの声までかけてくれるだろう。

急いだ。

夜の街道に人影はない。

杢之助は急ぎ足でも、他人《ひと》に気配を感じさせない。元飛脚の足に、白雲一味のときの技《わざ》を結びつけた、杢之助独特の急ぎ足だ。

いま街道に動いているのは、気配のない杢之助と、大木戸の手前の海岸に急ぐ巳之助と兵輔くらいだろう。行く先はおなじである。

(役者がそろった現場で一同を制圧し、十年まえの恨《うら》み辛《つら》みを現在《いま》に持ち出し殺し合うのを、ともかく抑《おさ》え込む)

とっさの場合に説教や説得など無意味だ。見方によっては最も乱暴な手段だが、当初に考えた得難い舞台が、いま実現しようとしているのだ。

「おおおおっ」

速足の息遣《いきづか》いに合わせ、うめき声を洩らした。

前方に提灯を持ったふたつの人影……。巳之助と兵輔だ。

かれらふたりよりさきに現場に着き、待ち構える態勢を整えておきたいと思い木戸番小屋から急いだのだが。ふたりは鳴海屋の前から、杢之助が去るとすぐに出発したようだ。

(素人《しろうと》だぜ)

逸《はや》る気持ちは分かるが、ふたりとも火の入った提灯を手にしているとは、思えてくる。

考えていた策を変更した。さきに壱郎治の居場所を見つけ、その近くへ身を隠して巳之助と兵輔の来るのを待つ算段だったのを、

(ともかく追いかけ、成り行きに対処する)

ことにした。

暗い街道に、ふたつの提灯を追う。

安心感はある。海辺といっても漠然と広い範囲を指しているのではない。大木戸の手前で草むらのある松林といえば、場所は限定される。二本松の浜甲はそこまで語り、杢之助もまたそのように兵輔たちに話したのだ。

暗闇のなかながらも場所が限定されている安心感からか、ふたりは話しながら歩を進めている。なにを話しているかまでは聞き取れないが、緊張を高めるようなやりとりでないことは、ふたりの雰囲気から分かる。

（やつら、これから人を殺《あや》めようというのに、ふたりがかりだからって余裕をもってやがるのか）

殺しを軽く見ているのかも知れないことに、杢之助は腹が立ってきた。

（いっそのこと、背後から忍び寄って両名とも一撃に斃《たお》してやろうか）

思うと、自然、足が速まった。

ふたつの提灯との距離が三間《げん》（およそ五米《メートル》）ばかりに縮《ちぢ》まった。

同時に目標の松林も近くなった。午間《ひるま》なら大木戸の石垣とともにその手前の松並木が、すぐ目の前に見える。

さすがに人殺しに来たかれらは、提灯の火を吹き消した。不意打ちを狙っているのだろう。黒い影の動きがかすかに見える。

（そうはさせねえぜ）

李之助は胸中につぶやいた。

同時に、

「おっ」

圧《お》し殺した声を洩らした。

巳之助と兵輔のさらに三間ばかり前を、提灯の灯りがひとつ、街道を横切った。

町場から海辺に向かっていた。

（壱郎治！）

李之助は直感した。

巳之助と兵輔もそう感じたか、ふたつの黒い影が、硬直したように動きをとめた。

ふたりが火を消した直後だ。壱郎治は街道に人影のあることに気づかず、松林のほうへ向かった。街道からいくらかの距離がある。提灯の灯りはそのほうに向かって行き、やがて灯りは見えなくなった。草むらに身を隠したのではなく、提灯の淡い灯りが見えなくなるほどの距離に離れたのだ。

さすがに巳之助と兵輔は殺しの相手を目の前にしては緊張を覚えたか、まだ動かない。李之助もそれに合わせ、闇に立ったままとなった。

（そうか、なるほど）

考えられる。

壱郎治は今宵かならず殺《や》ろうと、暗くなってから草むらを出て兵輔の長屋に行った。ところがまだ帰っていない。しばらく周囲をうろついたが、やはり帰っていない。しかたなく出なおそうと松林の草むらに戻った。

そこを巳之助と兵輔、それに杢之助に見られたのだ。

巳之助が低声《こごえ》で言った。

「やっこさん、まったく素人だぜ。人を襲おうというのに、提灯などつけていやがる。こりゃあ、思ったより殺《や》りやすいぜ」

「いえ……」

兵輔は返し、

「用心深いのですよ。これは気を引き締めないと」

巳之助と逆の見方を口にした。それは杢之助とおなじ考えだった。

夜の町を徘徊するのに提灯なしでは、かえって見咎められる。まして長屋のひと部屋に人が戻っているかどうか、のぞきに来ているのだ。怪しまれず動くのに火を入れた提灯は、かえって必要なのだ。

「おめえ、変わった見方をするなあ。大丈夫かい」

巳之助は言っていたが、もちろんふたりがどんな話をしているか、李之助には聞こえない。ただ言葉を交わしているらしいことは、黒い影の動きから分かる。聞こえていたなら、李之助は商家のあるじを張っている巳之助より、若い兵輔のほうを警戒することになっていただろう。

(さあ、おめえさんら、標的の壱郎治どんが戻って来たぜ。動きなせえ)

念じた。いよいよ李之助の出番である。

ふたつの影は動いた。

巳之助がさきに立ち、兵輔があとにつづいたようだ。

(ふむ)

李之助はうなずいた。

そのときだった。

「どうした！」

思わず李之助は声に出した。われを忘れた、大きな声だった。前面の影たちに聞こえたかも知れない。それほどに予期せぬ出来事が、目の前に発生したのだ。

巳之助の背後についた兵輔が、いきなりふところから抜き身の匕首を取り出し、その背を刺そうとしたのだ。暗いなかに、杢之助だからそれが見え、かえって声を出してしまったのだ。

その声は、ふたりに聞こえていた。

「ううっ？」

一瞬、兵輔の動きが停《と》まり、声のほうへふり返った。

（見えない）

闇に立つとき、杢之助は壁か塀に張りつく。空間に立っていないのだから影は見えない。いま、松の木の一本に身を寄せている。

巳之助にも背後からの声が聞こえ、そこに重なった兵輔のうめきに、

「どうした？」

ふり返った。暗くとも至近距離なら抜き身の刃物が目に入る。しかも兵輔は巳之助の背を刺そうとしていたのだ。その雰囲気も瞬時に汲み取れる。

「ひょ、兵輔！　おまえっ」

巳之助は一歩退《ひ》き、両手で兵輔をさえぎる仕草をとった。

突然で思わぬ事態だったとはいえ、杢之助が声を上げたのは不用意だったが、それがなかったなら兵輔はそのまま巳之助の背を刺し、さらに胸や腹をも刺して息の

根を止めていただろう。

兵輔からも巳之助からも、李之助の姿は見えない。

ふたりとも、声はとっさのときの気のせいと思ったかも知れない。

「ひょっ、なぜっ」

「なぜだと！」

ふたりのやりとりはほんの一瞬だった。

「許せねえのよっ」

兵輔は刃物を前面に突き出し、巳之助に飛びかかろうとした。

「よせーっ」

こんどは思わずにではない。明確に意図した叫び声だ。

またもや兵輔の動きは乱れた。

李之助からふたりの現場まで数歩の距離。

跳び、走った。

迫る影に兵輔は巳之助に飛び込むか、背後に備えるか迷った。

迷いは瞬時だが、結論の出ないまま背後からの影は迫り、

「うぐっ」

腰をしたたかに打たれ、刃物を手放し、身を支え切れずその場に崩れ落ちた。杢之助の右足の甲が、左足を軸に宙を低く舞い、兵輔の腰に命中したのだ。

その動きは兵輔には見えず、巳之助にも見えなかった。見えたのは刃物が地に落ちるのとともに、兵輔がその場に座り込むように両手を地についた姿のみだった。

「ううっ」

兵輔はうめいている、すぐには立てないようだ。

「こ、こ、これはっ」

巳之助は声を出したがその直後、

「うぐっ」

左脇下に激痛を覚え、身が一瞬地を離れたのを覚えた。足がふたたび地を感じたとき、身を支え切れず、そのまま崩れ落ち尻もちをつくかたちになり、兵輔と同様にすぐに立ち上がることはできなかった。

兵輔を打ったあと素早く身を立て直した杢之助は、腰を落とすなり第二の足技を巳之助に見舞ったのだ。

ふたりとも突然の衝撃に全身の力が抜けている。

その場に尻もちをついたままうめき、

「ど、どういうことだ。そ、それに、何者」

巳之助がようやく声を絞り出した。

ふたりともまだ、尻もちをついたままである。痛みは打たれた箇所だけではなかった。全身に走ったのだ。

杢之助は言った。

「ご両名とも安心しなせい。脇腹も腰の骨も砕けちゃいねえ。したが、いまひとつ儂が力《りき》んでいたなら、おめえさんらいまごろ三途《さんず》の川《かわ》だぜ」

巳之助が、気がついた。

「その、その声は、まさか……」

「そうさ。木戸番人さ」

「えっ、木戸番!?」

兵輔も気づいたようだ。

ふたりともまだ尻もちのまま、闇のなかに杢之助の影を探った。

「提灯の灯り、ねえのが残念だなあ」

確かに皺枯《しわが》れた杢之助の声だ。

ふたりとも、

「ううう……」

「こ、これは……」

あとの言葉がない。

無理もない。ふたりはいましがたまで門前町の木戸番人を、どこにでもいるしがない爺さんと見ていたのだ。いかに自分の身に起こったこととはいえ、この変化をすぐには理解できないだろう。

杢之助が〝三途の川〟まで引き合いに出したのは余計だったかも知れないが、いまの足技が必殺になり得ることを示してふたりを確実に制圧し、このあとの話の途中で反抗など思い起こさせないための措置《そち》だった。

それがハッタリでないことは、ふたりとも受けた衝撃から、じゅうぶん理解したことだろう。

四

ようやく全身を走った痛みが薄らぎ、ふたりは起き上がろうとした。

「おめえら、そのままでいいぜ、と言いてえが、夜とはいえここは街道《けえどう》から数歩と離れていねえ。誰が通るか分からねえ。さあ、立ちねえ」

　李之助に言われ、ふたりはよろよろと身を起こした。思惑どおり、すでにふたりとも李之助に抑《おさ》え込まれている。

「場所を変えるぜ。ついて来な」

「へえ」

　ふたりは従った。

「あ、あのう、どこへ。もうひとりは」

　言ったのは兵輔だった。〝もうひとり〟とはむろん、壱郎治のことだ。

　壱郎治はいま近くにいるが、三人よりも波打ち際に近い。波の音で、三人のやり取りは聞こえていなかったようだ。

　李之助は兵輔に言った。

「今宵おめえ、ねぐらに戻らなきゃ死なずにすむぜ。逆におめえがこの町で殺しなど、事情がどうであれ儂が許さねえ」

　李之助は暗いなかにも、兵輔の目に視線を据えて言った。

　胸の内を見透かされ、兵輔は戸惑いを見せたようだ。李之助はさきほど、兵輔が巳之助に発した〝許せねえのよっ〟の言葉からすべて覚《さと》ったのだ。

「おめえら、ついて来《き》ねえ」

暗いなか、李之助はふたりを先導するように砂地に入った。

「ど、どこへ」

巳之助が怯《おび》えを乗せた声で言う。

李之助は返した。

「心配《しんぺえ》するねえ。おとなしくしている相手に、蹴りは入れねえぜ」

「へ、へえ」

巳之助はいくらか前かがみになり、李之助につづいた。そのななめうしろに兵輔がつづいている。

さきほど手から離した抜き身の匕首を、兵輔は拾っていない。いまふところにあるのは鞘《さや》だけだ。兵輔はいま巳之助を刺せない。李之助は安心して歩を進めることができた。

街道からかなり離れた草むらで、

「さあ、座んねえ」

言うと李之助はその場に腰を下ろし、あぐら居になった。

「こんなとこに、なんで……」

言いながらも巳之助は腰を下ろし、おなじくあぐらを組んだ。

兵輔は無言で従い、やはりあぐら居になった。いまは年配の巳之助よりも若い兵輔のほうが、肚《はら》が据わっているように感じられる。なにぶん兵輔は、今宵のうちに人をふたり殺そうとしていたのだ。それこそ正真正銘の、親の仇討ちなのだ。

巳之助はまだ、自分が兵輔に刺されかかった理由《わけ》を解していない。さきほどは杢之助に救われたことは分かるが、このあと事態がどう展開するのか分からず、不安を覚えているようだ。

杢之助は言った。

「兵輔どん。おめえ若《わけ》えのに、すべてを見通していたようだな」

「見通したんじゃありやせん。端《はな》から分かっていやしたので」

兵輔はまじめなお店者言葉から、町衆の伝法な言葉遣《づか》いに変わった。自分を圧《お》し殺していた兵輔が、ようやく実の姿を見せたように感じられた。

(それでいいんだぜ、兵輔どん)

杢之助は胸中にうなずき、視線を巳之助に向け、

「巳之助どん、分かったかい。おめえさん、兵輔どんをうまく乗せたつもりだったろうが、すべて端から見透かされていたんだぜ」

兵輔は無言でうなずき、視線を巳之助に向けた。闇のなかであっても、語ろうとする者の視線が誰に向けられているか、感覚で分かる。

「うっ」

巳之助はうめき声を上げ、そこに兵輔は応じるように語り始めた。

「巳之助さん、考えが甘《あも》うござんすぜ。あのとき、あっしゃすでに十歳でしたぜ。恐くて物陰に隠れ、おめえさんらの姿は見ておりやせんが、息遣いからでも元奉公人のふたりと分かりまさあ。巳之助さん、あんたと壱郎治さんだった。むごい殺し方だったじゃねえかい。首を絞め、そのあと吊るすなんざ」

「ううう」

巳之助はうめき声を返す以外にない。

「妹の、妹のお里まで。あのときゃまだ五歳、五歳だったんだぜ」

「ぐぐっ」

巳之助は思い出したか、肚の底からのうめき声を洩らした。

「お里を絞めたのはおめえか壱郎治か、どっちかは見ていねえ。どっちでもおなじだ。ふたりで殺《や》りやがったのに違《ちげ》えはねえんだ」

兵輔はひと息入れ、

「それからあっしゃあ街道筋でみなし孤《ご》よ。町々で人さまの手伝い、荷運び、小さな商家で小僧のまねごとに使い走り……。いろんなことをしながら喰いつなぎ、おめえらふたりを捜したぜ」

「うぐぐ」

巳之助に言葉はない。

兵輔は肚の底から、懸命に絞り出す声になっている。

「一年ばかりめえよ。むかしなつかしい泉岳寺門前町に来てみて驚いたぜ。おもて通りからすこし引っ込んじゃいるが、鳴海屋があるじゃねえか。近所で訊きゃあ、あるじはおめえさんで、女房は元女中のお松だ。お子までいたのは、まあ、めでてえとしようかい」

「ううっ」

巳之助はなおもうめき、李之助は兵輔を凝《じ》っと見つめて聞いている。

兵輔の言葉はつづいた。

「おめえさんにすりゃあ、もったいぶって鳴海屋を名乗り、世間さまにまえの鳴海屋をなつかしんでいるように見せかけ、てめえらの身の〝潔白〟の証《あかし》にしようなどと考えてのことだろうが、あっしから見りゃあ、自分が手を下したと白状しているようにしか見えなかったぜ」

聞き役に徹していた杢之助が、

「うむ。さすが兵輔どん、そう見なしなすったかい」

口を開いた。

「さようで」

兵輔は応じ、

「それで街道筋から品川にねぐらを移し、いまの鳴海屋を窺《うかが》っていると、壱郎治が出入りしているじゃねえか。しかも品川に住んでやがった。あっしゃあ両親《ふたおや》と妹の仇討ちをいつやるか、練りに練ったぜ。それでいまの鳴海屋を見張るだけじゃのうて、直接当たってみたのよ。そんなら巳之助さん、おめえ、なんとぬかしたい」

「ううっ」

巳之助はまたうめきを洩らした。

「あれは壱郎治ひとりの仕事だ。仇討ちをするなら助《す》けてやろうだって!?　笑《わら》わせるんじゃねえぜ。あんな大それたことがひとりでできるかい。あっしゃあ内心嗤い、腹を立て、乗ったふりをしておめえらふたりを同時に殺《や》れる機会を探ったぜ。それがなんとも早く来て、きょうよ」

「したが、どんな事情があろうと、界隈で殺しなどさせねえのが、町の木戸番の仕事でなあ」

「うぐっ」

杢之助は言った。

「そこが分からねえ」

兵輔は杢之助と巳之助へ交互に視線を向け、

「あっしゃ、まだ仇討ちはあきらめちゃいねえ。そりゃあむろん、仇討ちなんざお武家にだけ認められ、あっしら町場の者がやりゃあ、単なる人殺しとして処断されることは知ってまさあ」

杢之助は言った。

「その覚悟、よくよくのことと思うぜ」

兵輔は反発するように、

「だったら、なんでじゃま立てしなさった。木戸番さんにあんな技があるなんざ、いまのいままで知りやせんでしたぜ」

「それ、それはあっしも」

巳之助がこのやりとりのなかで、うめき以外に初めて声を出した。

「兵輔どんを嘘《うそ》に乗せようとしたのは恥じ入りやすが、そもそも壱郎治の動きを逐《ちく》一《いち》あっしらに教えてくれたのは、木戸番さんじゃねえですかい。それがなんであんな技を繰り出しなすって……。驚きの連続でさあ。壱郎治の動きをあっしらに教えながら、なにゆえ……。兵輔どんの言ったとおり、ありゃあどう見てもじゃま立てでやすぜ」

追いつめられた心境のなかで、よくここまで言葉をならべられたものだ。さっきからずっと疑念に思っていたのだろう。

杢之助は応えた。

「おなじことを幾度も繰り返さすねえ。木戸番人として、おめえらの動きが気になり、ずっと追っていたのよ。じゃまをしたんじゃねえ。殺しの大罪なんざ見逃せねえ。しかもこの町で。ただそれだけだ。それによ、あの足技なあ、三途の川などと大げさなことを言うたが、儂がむかし飛脚だったこと、おめえらも聞いて知ってるだろう」

ふたりは闇のなかにうなずいた。

杢之助はつづける。

「そこで鍛《きた》えた足腰にちょいと工夫すると、あの技ができたって寸法さ。あれで人を三途の川に送るなど、できるはずがねえ」

「したが、強烈でしたぜ。全身に衝撃が走り、いまだに打たれたところが痛《いと》うござんして、まともにゃ歩けねえほどで」

「そう、そのようです」

巳之助の吐《は》いた言葉に、兵輔が相槌《あいづち》を入れた。李之助の一撃で、ついさっきまでそこに殺意が渦巻いていたなど、想像もできないような雰囲気になっている。

巳之助の語り口調にも、落ち着きが出てきた。兵輔の殺意がいかに強かろうが、李之助がそこにいては、飛びかかって来ることはないだろうとの安心感があるようだ。

すでに巳之助は、壱郎治とおなじように、李之助に畏敬の念を覚えている。それは兵輔もおなじだった。

ここで李之助は、巳之助に助け舟を出した。

「さっきは巳之助どん、十年めえのことから兵輔どんになにもかも見透かされていて立つ瀬もなかったが、なんで壱郎治どんと組んで、兵輔どんに親と妹の敵《かたき》と狙われるようなことをしなきゃならなんだか、言い分はあるんじゃねえのかい」

「言い分!?」

言った杢之助にか、それとも巳之助に対してか、兵輔が声を荒らげた。

「黙って聞きねえ。巳之助どんや壱郎治どん、それにお松さんにもなあ、やむにやまれねえ理由《わけ》があるはずだ。そうでなけりゃ、一家皆殺しなどと言われるような殺しなんぞ、できるはずがねえ」

「どんな、どんな理由！」

なおも声を荒らげ、腰を浮かそうとする若い兵輔を杢之助は手で制し、

「さあ、巳之助どん。話しなせえ。ある程度はうわさにながれていようが、兵輔どんの耳にゃ入《へえ》っていめえよ。それを知ることは、これからの兵輔どんにとっても大《でえ》事《じ》なことだ」

「木戸番さん！　あんたっていう人は、いまのいままで知りやせんでしたぜ」

巳之助は感極《かんきわ》まったように言い、

「兵輔どん、聞きづらかろうが、まあ聞きねえ」

「ううっ」

どう返事をしていいか分からないといった、このやりとりで初めて兵輔はうめき声を洩らした。

「いま兵輔どんを狙い、近くの松林の草むらに潜んでいる壱郎治なあ」

「俺を狙うたあ厚かましい！　俺《おり》ゃあ、ここで巳之助を殺《や》ったあと、松林に行って壱郎治もっ」

やはり若さのせいか、兵輔はすべての算段を口にした。

「うっ」

巳之助はまたうめき、李之助は兵輔に、

「黙って聞かねえか。そんなこと、儂《わし》ゃあ端《はな》からすっかりお見通しよ。そのうえで夜中のこの舞台を設《もう》けたのよ。いまの壱郎治どんの居場所を教えたのもなあ」

「えっ」

「まさか」

巳之助と兵輔は同時に声を上げ、李之助は兵輔に、

「さっきは巳之助どんが凝《じ》っと耐えながらおめえの言い分を聞いていたのだ。こんどはおめえが聞く番だ。さあ、巳之助どん、つづけなせえ」

「へえ」

巳之助は返し、

「壱郎治どんにゃかつて、末《すえ》を誓った女がいやした。あっしもお松も、それに兵輔どん、たぶんおめえも知っている人だ」

「えっ、誰」

十年まえ、その女中が当時の鳴海屋のあるじ七兵衛に手籠《てご》めにされてみずから命を絶ち、つぎにはお松まで目をつけられ、店を飛び出したことなどを話した。

「お父《とっ》つぁんが、そんなあ」

はたして兵輔には、初めて聞く話だった。

「その、そのときおっ母《か》さんは……？」

「非道《ひで》えおかみさんだった」

自死した女中も逃げたお松も、女のほうから旦那に言い寄ったと周囲に言っていたことなどを語った。

「うっ。そんな！」

兵輔には二重の衝撃だった。

衝撃はそれだけではなかった。

「奥向きも店場もそれこそ人使いが荒く、しかも理不尽で……」

奉公人にとって〝鳴海屋〟は地獄そのものだったことも語った。

兵輔は声にならないうめきを洩らしていた。

杢之助は言った。

「壱郎治どんも十年めえ、仇討ちだったのよ。巳之助どんはその助っ人《すけと》さ。いや、ただの助っ人じゃねえ。当事者でもあらあ。お松さんも、女のほうから色目を使ったなどと言いふらされてよ。そのときの悔しさ、いまも消えねえのじゃねえのか」

「ううう」

兵輔はうめく。親の尋常でなかったことを聞かされるなど、子として耐え難いというより、残酷だろう。

杢之助は視線を巳之助に向けなおした。

「おめえさん、十年めえの殺しを壱郎治どんがひとりでやったなんて嘘に、兵輔を乗せようとしたが、そのこと、壱郎治どんと話がついていたんじゃねえのかい。そのときにゃ返り討ちにしようってよ。最初に話を聞いたときにゃ許せなかったが、いま思えば大《てえ》したもんだぜ。お松さんも一緒になって、兵輔を手玉に取っていたんだからなあ」

だが、巳之助は言った。

「壱郎治と、そこまでは話しておりやせん。お松とはじっくり話しやしたが」

「ほう。壱郎治どんとはまえもって話さずとも、そのときになりゃあ、通じ合えるってかい」

「いや、ただ松林で兵輔を襲うとき、成り行きに任せよう……と」

「………」

兵輔が声にならないうめき声を上げたのは、恐怖からだった。無理もない。

(ふたりに挟み撃ちにされるかも知れなかったのは……!?)

自分だったのだ。

巳之助はつづけた。

「ところが途中で兵輔どんがあっしを襲ってきやして。さすが兵輔どん、そんな策を秘《ひそ》かに考えていたたあ」

「驚きました。そこを木戸番さんがあの足技で……」

「まったく」

巳之助が兵輔につづける。

この空気に、さきほどからの殺気は確実に薄らいでいた。

杢之助はようやくひと息入れ、闇の周囲に気を配った。壱郎治が三人に気づき、近くで窺っていないか探ったのだ。

気配はなかった。

壱郎治がこの座に加われば、

（言葉で抑え込むのは……。やはり足技が必要か）

話しながら杢之助は算段していたのだ。

かなり長く話し込んだ、そのあいだに壱郎治はまた町場に出て兵輔の長屋を窺うため、三人の近くを通ったかも知れない。三人とも声は抑えていたし、それに夜は波の音がいっそう大きく聞こえる。気がつかなかったようだ。

（壱郎治とはのちほど）

杢之助は思った。この場の雰囲気からすれば、

（話はつけやすそうだ）

それが今夜中かあしたになるか、杢之助には分からない。壱郎治の動きしだいなのだ。

杢之助は座を締めくくるように言った。

「どうする、兵輔どん。きょうは二本松の木賃宿に泊まるかい。なんならいまから儂も行って、話をつけてやってもいいぜ」

今宵長屋に戻るのは危険だといっても、兵輔を鳴海屋に返すわけにはいかない。殺気は薄らいだものの、互いに殺し合おうとしていたことが明らかになったのだ。殺気がいつまた首をもたげるか知れたものではない。

「二本松」

兵輔はポツリと言い、巳之助もうなずいた。

五

「子供じゃござんせん。木賃宿へ泊まるのに木戸番さんについて来てもらったんじゃ、二本松のお人らにみょうに思われまさあ」

兵輔は言い、ひとりで二本松に向かった。途中、長屋のすぐ近くを通る。

杢之助は兵輔に言った。

「二本松じゃ丑蔵親方か浜甲って代貸に、門前町の木戸番人に今宵《こ こ》二本松へ泊まれって言われたと言いねえ」

兵輔はそのとおりに言った。

注意を寄せていた男がひょっこり来たことに二本松の者は驚いたが、杢之助の名が出たことで丑蔵も浜甲も、

「そうかい、ゆっくりして行きねえ」

と、なんらかの事情があることを覚《さと》った。だが、それを訊いたりはしない。

入ったのは木賃宿の部屋ではなく、賭場《とば》のほうだった。

二本松一家の賭場は、近辺の住人が府内の賭場に迷い込まぬよう、町内でかたちばかりでも打たせてやろうと開いたもので、本格的な賭場ではない。賭ける銭《ぜに》も一《いち》文銭《もんせん》か四文銭《しもんせん》が中心で、多くは賭けさせなかった。そんな賭場だから、博奕《ばくち》には縁のない兵輔でも、気晴らしに安心して遊べるのだ。そういう賭場を開帳《かいちょう》しているのも、李之助が二本松一家を信用する要因のひとつだった。

ついさっきまで命のやりとりを念頭においていた兵輔には、軽い丁半の遊びで気分をほぐすことも必要だったかも知れない。


大木戸手前の海辺から門前町まで、李之助と巳之助はおなじ方向となる。短い道中だが、ふたりが肩をならべて歩くのはこれが初めてだ。暗闇に提灯なしだから、石や窪地《くぼち》につまずかないようにつま先で地面を探るように歩を進める。当然わらじで地をこする音がする。李之助にすれば故意に音を立てているようなものだが、灯りのない夜道ではこれが自然だ。午間《ひるま》なら誰かと肩をならべて歩くとき、李之助は常に自分の歩に足音のないのを気づかれないようにと気を遣う。いまはその必要がなく、心置きなく街道に歩を踏める。

進めるなかに巳之助は、海辺の草むらで兵輔ともども動きを封じられたときの衝撃、さらにそのあとの杢之助の裁きにも似た処理などに、あらためて興奮を覚えたか、

「木戸番さん、おまえさま、ほんとに、ほんとに木戸番さんですかい」

「あはは、みょうな問い方をしなさるなあ。儂は見てのとおりの、元飛脚の木戸番人ですわい。ま、全国を走り他人《ひと》さまよりいろんなものを見たり聞いたりはしやしたが、ただそれだけですわい」

「しかし……」

巳之助はそれだけで得心できるものではない。さらになにか訊こうとするのを杢之助はさえぎるように、

「兵輔どんさ、いまごろ壱郎治どんとばったり出会ったりしてなきゃいいんだが」

「そりゃ兵輔どんがうまく気を遣っていやしょう。なにしろ命がかかってるんですからねえ」

「もっともだ。壱郎治どんも、夜更けても兵輔どんが帰《けえ》って来ねえので、今宵はあきらめ、おとなしゅう品川に引き揚げてくれりゃいいんだが」

「ま、そうするでしょう」

話しているうちにふたりの足は、茶店の日向亭の前にさしかかった。もちろん雨戸がきちりと閉められている。

さきに気がついたのは巳之助だった。

「えっ？　番小屋、灯《ひ》がともっていやすぜ」

杢之助もほぼ同時に気がつき、胸中にアッと声を上げ、

（まさか！）

思い、心ノ臓を高鳴らせた。

実際に、木戸番小屋に灯りがついているのだ。

杢之助は巳之助の問いに助けられた。

「さすが、木戸番さん。今宵、時間がかかりそうというので、留守居をどなたかに頼み、出て来られやしたか」

「そう、そうなんだ。夜中でも番小屋を留守にするときゃ、向かいの番頭さんかお手代さんに頼むのさ」

本来ならそうだが、きょうは日向亭翔右衛門に声をかけるいとまもなく、油皿の火を吹き消し出てきたのだ。

「さようですかい」

と、巳之助はなんら訝《いぶか》ることなく、

「それじゃ木戸番さん、きょうはほんとにありがとうございやした。あとはどうするか、また兵輔どんと会い、壱郎治どんもまじえて話し合いまさあ。きょうのようすと、それにひと晩寝れば、兵輔どんがいきなりまたあっしに飛びかかって来るようなことはありますまい」

と、灯りのある腰高障子の前でふかぶかと頭を下げた。

実際、杢之助のとっさの動きがなかったなら、巳之助は確実に兵輔に刺されていただろう。いまごろ、この世にいなかったかも知れない。そればかりか、いきり立つ兵輔を抑《おさ》え、巳之助が存分に話す機会もつくってくれたのだ。感謝してもしきれない。

「さあ」

杢之助は坂上を手で示し、

「お松さん、心配しながら待っていなさろう」

と、帰りをうながした。

「へえ」

巳之助は坂上に向きを変え、すり足の歩を進めた。

李之助は、いま番小屋の中にいるであろう人物が、おもてに人の声を聞き、ひょいと腰高障子を開けて出てこないか、気が気でなかった。

「留守居、ありがてえぜ」

外から李之助は声をかけ、腰高障子を引き開けた。

客は、その〝まさか〟だった。

「お帰《けえ》りなさいやし。勝手に上がり込んで申しわけありやせん。いまの声は確か……」

「そうよ。おめえとの因縁は切っても切れねえ巳之助よ」

と、すり切れ畳に上がり込んでいたのは、壱郎治だったのだ。

「ふーっ」

李之助は安堵の息をつき、うしろ手で腰高障子を閉め、

「部屋に灯りがともっているのを見たとき、そうじゃねえかと思うたら、案の定だったぜ」

李之助は言いながらすり切れ畳に上がり、壱郎治と差しになるかたちであぐらを組んだ。その所作にはさきほどの焦りの裏返しで、安堵の雰囲気があった。李之助が極度に心配したのは、いま番小屋に来ているであろう壱郎治が腰高障子を開け、

巳之助とばったり顔を合わせることだった。

巳之助は今宵の件で、壱郎治と事前に話し合っていないと言っていた。ということは、壱郎治にとって巳之助はまだ、自分ひとりに十年まえの罪をなすりつけようとした、それこそ許せねえ男なのだ。

海辺での談合で、和解まで行ったかどうかはこのあとを見なければ分からないが、兵輔からも巳之助からも殺意を薄めさせたのは確かだ。

そこへまだ話がついていない壱郎治が突然現れたらどうなる。李之助がついているから、その場で壱郎治が巳之助に飛びかかることはあるまいが、ひと騒動の起こることは避けられないだろう。しかも夜の木戸番小屋の前だ。その時点で、李之助の〝人知れず〟の大前提は崩れる。

はたして壱郎治は、いま巳之助が李之助と一緒にいたことに疑念とある種の興奮を覚え、差しに座った李之助に、つぎの言葉を待つように上体を前にかたむけた。

だが李之助は言った。

「こんな時分にどうして。まずおめえさんのほうから、理由《わけ》を聞こうかい」

「それは、うう」

壱郎治は戸惑いを見せた。自分のほうから番小屋に上がり込んで、理由を訊かれ戸惑いを見せる。木戸番人の前で正面切って〝人を殺しに〟などと言えない。

代わりに杢之助が言った。

「ふふふ、車町の長屋に兵輔を葬りに来たかい」

「うぐっ」

図星を指され、壱郎治はうめき声を洩らした。

「ふふふ、この木戸番小屋はなあ、おめえさんらのやりそうなことはすべてお見通しなんだぜ」

「ううう」

「兵輔なあ、幾度行ってもいなかったろう」

「なんでそれを」

「ははは。種明《たねあ》かしをすりゃあ、あの近くに二本松一家があるだろう。町に揉め事が起こってもらいたくねえのは、一家も木戸番小屋もおんなじよ。新しく越して来た兵輔を、胡散臭《うさんくさ》いやつとして見張りを頼んでおいたのよ。そこにおめえさんが引っかかったって寸法さ」

実際の話だ。

壱郎治も言う。

「そういやあ、それらしい男が周辺にいやした」

「そうだろう。おめえさん、海辺の松林に潜んで、ときどき兵輔の長屋を窺ってたってなあ」

「そこまで！」

「いなかったろう」

「ああ。それで木戸番さんなら、知っていなさろうかと思うて」

「儂は木戸番人だぜ。殺そうと狙っているやつに、相手の居場所なんて教えられるかい」

「そ、そりゃあ」

「それに、おめえが兵輔を殺《や》ろうなんて、その料簡《りょうけん》が気に入らねえ。兵輔は十年めえ、おめえと巳之助が殺った、まえの鳴海屋のせがれなんだぜ」

「そ、そこまで木戸番さん！」

「ああ、お見通しよ。幼い娘まで手にかけたのは許せねえが、まえの鳴海屋夫婦を殺ったのにゃ、それなりの言い分があることは知ってらあ」

「木戸番さん、あんた、いってえ⁉」

灯芯一本の灯りのなかに、壱郎治はなにかを見極めようと、杢之助の顔をのぞき込むように凝視した。

李之助は言う。

「ははは、さっきも言ったろう。儂は住んでいる町の穏やかなことを願う、ただの木戸番人さ。だからよう、町の平穏を乱すやつは許せねえし、揉め事がありゃあ、なんとか収めたい。それだけのことさ」

「しかし、木戸番さん！」

壱郎治はますます李之助に畏敬の念を強める。

（まずい）

李之助は思い、

「そこでだ、おめえさん、さっきから気になっていることがあるんじゃねえのかい。障子戸の向こうで、儂と一緒にいた男」

「あ、それ、それですよ。巳之助だ。なんで巳之助が木戸番さんと？　しかもこんな真夜中に⁉」

李之助との話に、つい訊くのを忘れていたというより、あとまわしにしてしまった。壱郎治には、いま最も気になるところだ。

「巳之助どんだけじゃねえ。さっきまで兵輔も一緒だったのさ」

「げえっ」

油皿の炎が大きく揺れた。壱郎治にとっては、いまのいままで命を狙っていた相手だ。いまなお狙い、それで木戸番小屋に来たのだ。その兵輔がさっきまで杢之助と一緒にいた。驚かざるを得ない。

「まあ、聞きねえ。順を追って話そうじゃねえか」

「へえ」

壱郎治はあぐら居のまま姿勢を正した。

海岸に打ち寄せる波音が、間断なく聞こえる。

そこに杢之助の低く落とした声が入る。

「おめえが兵輔を殺ろうと、車町の長屋に向かったころよ。兵輔は門前町の鳴海屋を訪ね、逆に巳之助と一緒におめえを刺そうと出かけたのよ。ところが巳之助は兵輔をうまく乗せたと思うていたら、実は乗せられていたのは巳之助のほうだったのさ。兵輔め、若えのに大《てえ》した玉《わけ》もんよ」

「うう」

壱郎治がうめき、さらに衝撃の声を洩らすなかに、杢之助は兵輔が背後から巳之助を刺そうとしたことをはじめ、兵輔が壱郎治と巳之助への恨み辛みを吐露《とろ》し、巳之助も鳴海屋七兵衛の常軌を逸《いっ》した非道のようすを、せがれである兵輔に語って聞かせたことなど、詳しく話した。もちろん、壱郎治と末を言い交わした女が首を吊った件も、巳之助が憤《いきどお》りを込めて兵輔に語ったことを話した。

その女の話が出たとき、壱郎治の視線は空《くう》を泳いだが、巳之助が兵輔にそれを語って聞かせたことには溜飲《りゅういん》を下げたようであった。

壱郎治は落ち着いた口調で言った。

「兵輔と巳之助にそれらを語らせるとは、そのような舞台を木戸番さんはつくりだし、仕切りなさったか」

口調には、いよいよ畏敬の念がこもった。

だが、やはり気になるのか、

「巳之助はさっき鳴海屋に帰ったと思いやすが、兵輔はいまどこに」

「おっと、それは言えねえ。長屋でねえことだけは言っておこう」

「木戸番さん、心配しないでくだせえ。話がそこまで進んだのなら……。したが、あのとき五歳になるお里まで絞めてしまったのは、……ううう。つい、顔を見られたもので」

訊きもしないのに壱郎治は語った。非道なまえの鳴海屋夫婦を殺したのはともかく、五歳のお里まで葬ってしまったのは、いまなお悔悟《かいご》の念にとらわれているのだろう。

（それでいいんだぜ、壱郎治どん）

思うと同時に、壱郎治が伝法な喋《しゃべ》りから、丁寧な商人言葉に変わっているのに気づいた。

（殺意が薄らいだな）

李之助は解釈した。

言った。

「いけねえ。一回目はとっくに過ぎたが、二回目の刻限も来てらあ」

それが火の用心の夜まわりの時刻であることは、壱郎治にはすぐに分かった。一度は一緒にまわっているのだ。

「また一緒にまわるかい」

「いえ、品川の木戸が閉まるまえに帰らないと」

「ならば、さあ」

うながすと李之助は番小屋の提灯に火を入れ、壱郎治をさきに出した。

街道に出て、李之助の提灯から壱郎治の提灯に火を入れた。前回とおなじく一応の用心のため、ふたつの提灯が一緒に番小屋を出るのを避けたのだ。李之助はその背を街道で見送った。

一回目はまわれなかったが、

（まあ、町のお人ら、大目に見てくだされ）

思いながら拍子木をひかえめに打ち、口上も低く抑えた。

鳴海屋の前に出た。奥に灯りのついている気配はない。すでに巳之助が待っていたお松にきょうの状況を話し、

（安堵のなかに眠りについてくれたかい）

李之助はそれを願った。

木戸番小屋に戻り、ようやく独《ひと》りになった。慌ただしく、変化に満ちた一日だった。間断のない波音のなかに思えてくる。

（とりあえず、殺し殺されの事態は防げたなあ）

しかし、手放しでは喜べない。

最悪なら三つ巴《みどもえ》の殺し合いになるところだったのだ。そうなればお松も巻き込まれようか。それらの殺意が、一度や二度の談合で消え去るとは思えない。

ともかく李之助は、三人が解決へいっそう前向きになっていずれかで顔を合わせ、

十年まえを払拭する、なんらかのかたちをつくることを期待している。
だが、
(危ない！)
仕切る者がいないなかで顔を合わせれば、どんなきっかけで抑えたはずの殺意が
また頭をもたげてくるか知れたものではない。
なんとか急場は切り抜けたが、
(元《もと》の木阿弥《もくあみ》)
脳裡をかすめた。
決して李之助の、いつもの取り越し苦労ではない。
三人のあいだには、お松もまじえ、それほどに根深いものがあるのだ。

六

木戸を開ければ、
「おう、ありがてえぜ」
「やはり門前町、助かるぜ」

「おうおう、きょうも稼いでいきなせえ」

棒手振《ぼてふり》たちの声に杢之助が応え、町に朝の煙が立ち始める。

この日の朝も、いつもの光景と変わりはない。

だが木戸番小屋の中では、杢之助の脳裡が新たな段階に入ろうとしていた。

(この綱渡り、どう足を地につけるか)

考えている。

そこに思うことはやはり、

(来《こ》よ)

である。

兵輔はまだ二本松の木賃宿で、ねぐらの長屋には戻っていない。昨夜、壱郎治が杢之助から兵輔と巳之助のようすを聞かされ、殺意をやわらげたことを知らない。

ねぐらに戻れば、

(厄介《やっかい》なことに)

と、警戒するだろう。

壱郎治の動きを知るには、

(やはり木戸番さん)

と、すぐにも腰高障子の外に、兵輔の足音が聞こえそうな気がする。

巳之助も、

（きのうの夜、あのあと壱郎治はどうした）

気になっているはずだ。

『木戸番小屋に行けば、なにか分かることが……』

お松と話し合っているかも知れない。

壱郎治も昨夜、急ぐように品川へ帰ったものの、門前町と車町のようすを気にしているはずだ。これこそ、

（門前町の木戸番さんに訊けば……）

思うだろう。


陽は東の空にいくらか高くなっている。

腰高障子はいつものように開け放しており、顔を上げればおもての通りが見える。往還《おうかん》の人の動きを見ながら杢之助は、

（来なせえ。お三方《さんかた》、こんどは番小屋《ここ》でみんな鉢合《はちあ》わせになってもよござんすぜ）

胸中に念じ、低く声に出した。

「そのときも、儂が仕切らせてもらいやすぜ」

直後、

「おっ」

人影が番小屋に近づいた。だがすぐに、

（これはまずい。いまは歓迎できねえ）

胸中につぶやいた。

股引《ももひき》に腰切半纏《こしきりばんてん》の職人姿、道具箱を肩に担いだながれ大工の仙蔵《せんぞう》だ。三十がらみで精悍《せいかん》な風貌《ふうぼう》は、ただの職人にはもったいない。火付盗賊改方《ひつけとうぞくあらためがた》の密偵だ。杢之助はそこに気づいているが、質《ただ》したことはない。仙蔵も杢之助に気づかれているのを承知している。そのうえで、木戸番小屋に出入りしているのだ。町のうわさなどが聞けるからだ。杢之助も仙蔵からお上《かみ》の動きを知ることができ、互いに重宝し合っている。

「どうしたい。ここへ来るのにそんな重い道具箱、担いで来るこたあねえんだぜ」

杢之助は皮肉の言葉で迎えた。大工の道具箱はけっこう重い。来る目的は分かっているのだから、わざわざそんなのを担いで来なくてもと言っているのだ。

敷居をまたいだ仙蔵は、重い道具箱をすり切れ畳の上に下ろしながら、

「あはは。どこで誰が見ているか分かりやせんからねえ」

「さすが、仙蔵どん」

これも皮肉の言葉だが、実際に仙蔵は用心深く、優れた密偵なのだ。

いま杢之助は殺し合いが背景にある揉め事に係り合い、まだ解決したとは言えないのだ。

「こんな朝の時分に来るたあ、町場のことでなにか訊きたいことでもあるのかい」

と、普段と違ってきょうの仙蔵の来訪は気になる。だから〝まずい……歓迎できねえ〟と、つい思ったのだ。もちろんそれを表情にあらわす杢之助ではない。

仙蔵はすり切れ畳に腰を据え、杢之助のほうへ上体をねじりながら、

「実はねえ、昨夜、遅くまで仕事があって。そう、大工の仕事で」

にやりとして言い、火盗改の仕事でなかったことを語る。

杢之助も、

「ほう、それはそれは」

と笑顔になる。

なごやかな雰囲気のなかに、仙蔵はつづけた。

「それで三田寺町《みたてらまち》のねぐらまで帰《けえ》るのが面倒になり、ほれ、木戸番さんもよく知っ

ていなさる、車町の二本松の木賃宿に泊まりましたのさ」

行商人や出職《でじょく》の者が出先《でさき》で木賃宿に泊まるのは珍しくない。むしろ一般的だ。

だが、二本松の木賃宿に、

「えっ。……ああ、あのお宿《やど》」

李之助は驚き、反応した。昨夜、兵輔も二本松の木賃宿に泊まったのだ。二人に接点はなく、李之助は二本松の親方や代貸と親しいとはいえ、ながれ大工の仙蔵の背景など話していない。話せば、

（なぜそれを木戸番人が知っている）

などと、逆に訝《いぶか》られることになる。

ただでさえ李之助は、二本松の丑蔵や浜甲から、

――並みの木戸番人などじゃねえ
と、見られているのだ。

だから親交があるのだが、仙蔵とも持ちつ持たれつの関係にある。だが李之助は仙蔵の仕事に合力《ごうりき》しているわけではない。

二本松と仙蔵には共通点がある。二本松も仙蔵も、李之助の来《こ》し方《かた》に感じるものがあっても、それを知ろうとしない。町場の任侠《にんきょう》一家の二本松はともかく、火盗

改密偵の仙蔵までそうなのだ。それは仙蔵が杢之助の以前より、現在どれだけ役に立っているかに重きを置いているからにほかならない。実際、探索などで仙蔵が杢之助のおかげで手柄を立てたのは、一度や二度ではないのだ。

　杢之助がいくらかの警戒心を持つなかに、仙蔵は語った。

「みょうな男がいやしてね。近くに住んでいるのに、木賃宿の泊まり客として来やしてね。それも夜更けてからでさあ。その男が木賃宿の番頭さんかなあ、軽い賭場まで仕切っている男と話しているのをチラと聞いたのでやすが、門前町の木戸番さんに言われて来たなどと言ってるじゃねえですかい。門前町の木戸番さんといやあ、ここしかねえ。これで命が助かるとか助からねえとか。ちょいと物騒な話で気になり、それでここへなにか心当たりがねえか訊きに来たしだいで」

　はたして兵輔のことだ。

　さすがは火盗改の密偵で、チラとどころか重要なことまで聞き込んでいる。そこに門前町の木戸番小屋が出てきたのであれば、隠し立てもできない。

「番頭で賭場を仕切っている人にゃ訊かなかったのかい」

　二本松の賭場は杢之助と仙蔵のあいだで話題になったことがある。開帳の目的も話し、

「――あんな遊び場なら、あったほうがいいんじゃねえですかい」

と、仙蔵は言い、それ以上の関心は示さなかった。

「賭場で客のことを訊いてみねえ。逆にみょうな客と思われ、このあとあそこに泊まりにくくならあ。それよりも、この番小屋が話に出たのだから、此処《ここ》で訊くのが一番でやしょう」

さすがは火盗改の密偵で、これからのことも考えたか、二本松一家に警戒されるようなことはしなかった。

（ふむ。使えるぞ、これは）

瞬時、杢之助の脳裡に走った。

「ああ、その二十歳ばかりの若い男、古着商《あきな》いの兵輔だろう。儂も詳しくは知らねえけどよ。ほれ、この坂道をなかほどまで上って枝道に入ったところ、鳴海屋という古着屋があるだろう」

「あるある。入《へえ》ったことはねえが」

「そこに出入りがあって、なにやら揉めてるらしいが、命がどうのこうのたあほんに物騒だ。儂からもちょいと訊いてみるが、おめえさんもなにか聞き込んだら知らせてくんねえ」

「いいともよ。この坂の上なら門前町だな。鳴海屋なあ」

「そう、鳴海屋だ。兵輔は車町の住人で、揉め事にゃさらに他所《よそ》の町の者も絡《から》んでいると聞かあ。せいぜい商いのことだろうと軽く見ていたが、命がどうのこうのたあ、ちょいと心配になってきたなあ」

「そうですかい。番小屋《ここ》にゃまだ、その程度しか入《へえ》ってねえってことでやすね」

言いながら仙蔵は腰を浮かした。

杢之助は呼びとめるように、

「その兵輔、どうしてる。まだ二本松かい」

「いまは知らねえが、あっしが出かけるときゃあ、まだ宿にいたなあ」

用心のため、なおも長屋に戻らず二本松に留《とど》まっているようだ。

仙蔵は腰を上げ、

「やはり門前町の木戸番小屋、来てようござんした。新しい話をつかんだら、すぐまた来まさあ。よいしょっと」

重い道具箱をまた肩に担いだ。

「ああ、待ってらあよ」

杢之助はその背を見送り、

（これでよし）

つぶやいた。

七

陽は高くなり、そろそろ中天《ちゅうてん》にかかろうかといった時分だ。

李之助は仙蔵の表情を脳裡に浮かべた。

火盗改はどの地域にも、とくに府外で町奉行所の手が及ばない地域には、複数の密偵を投入することを、李之助は仙蔵からそれとなく聞いている。高輪大木戸を出た車町や泉岳寺門前町では、ながれ大工の仙蔵が徘徊して町のようすを調べ、聞き込みのときにはその差配で、住人に顔を知られていない行商人や出仕事の職人などが聞き込みに入る。車町や門前町の住人にとっては、仙蔵はあくまで親方なしのながれ大工で、修繕などの注文取りに家々をまわっても、自分から聞き込みを入れることはない。だから、

（あの大工さん、なんなんだろう）

と、みょうに思う者はいない。それほどに仙蔵は優れた火盗改の密偵で、それを

見抜いているのは杢之助ひとりなのだ。

すり切れ畳の上で、

(仙蔵どんのことだ。もう手配をして鳴海屋には人が出向き、兵輔にも誰かが接触しているだろう。あの人らの動き、驚くほど速いからなあ)

杢之助は思い、そのときの巳之助とお松、それに兵輔の顔を想像した。

事態は動き出したのだ。

(さて、誰がまっさきに来るかな。それとも、儂のほうから出向いてみるか)

杢之助は刻々と時間が過ぎるなかに、すり切れ畳の上でひとり待った。

陽が中天を離れ、西の空にかなり入った時分、

「木戸のお爺ちゃーん、あとでまた来るね」

五歳の松江が番小屋の前を街道のほうへ駈けぬけ、

「おねえちゃん、待ってよ」

と、三歳の巳市があとについて走っている。

「おうおう、石につまずいて転ぶんじゃねえぞ」

そのすぐあとに、

「これこれ、海岸に出ちゃダメだからね」

大きな声で言いながらお松が走って来た。

杢之助の声が聞こえたか、

「あ、木戸番さん！」

お松は立ちどまり、松江と巳市が走って行ったほうに、

「気をつけるのよーっ」

大きな声を投げ、

「ちょっといいかしら」

と、番小屋に近づき、敷居をまたいだ。子たちが浜辺に出ないかと心配で見に来たというより、端《はな》から杢之助を訪ねる気で来たのかも知れない。

「おう、儂も鳴海屋さんにゃ話したいことがあってなあ。座んねえ」

言いながらすり切れ畳を手で示す杢之助に、

「えっ」

お松は腰高障子を開け放したまま軽く驚きの声を洩らし、畳に腰を据え上体を杢之助のほうへねじり、

「木戸番さんのほうからあたしたちに話したいこととは……？」

杢之助の皺《しわ》を刻《きざ》んだ顔をのぞき込む仕草をとった。

「たぶん、おめえさんが番小屋《こ》に来なすったのと、おなじ話だと思うが」

「なにやらが動き出した、そのこと？」

「ほう、やっぱり鳴海屋さんもそう感じなすったかい。やはり、かなり大きく動いてるんだなあ」

「えっ。大きく動いてる!?　木戸番さんのところにも？」

お松は上体を前にかたむけ、さらに杢之助の表情を確かめるかたちになった。

杢之助は言う。

「きょう、午《ひる》すこしまえさ。府内から火盗改の岡《おか》っ引《ぴき》が来て。以前にも十手をちらつかせた旦那と一緒に来たことがあるから、岡っ引とすぐに分かったぜ。当人も御用の筋で来たって言うから、儂《わし》ゃあちょいと緊張してよ」

「御用の筋!?　どんな、どんな筋!!」

お松は真剣な表情で乗ってきた。

杢之助はつづけた。

「この町の住人で、そう、門前町に限らねえ、となりの車町も、さらに品川のほうまで範囲を広げ、なにやら因縁めいた恨みから町人同士が殺し合いを始めそうな、そんなうわさを聞いちゃいねえかって」

「やはり、ここにも！」

「ここにもって、鳴海屋さんにも来たのかい、顔の知られた火盗改の岡っ引。儂《わし》やあ、なんも聞いちゃいねえって言っておいたがな」

「いえ、うちに来たのは岡っ引じゃなく、古着を買いに来たお客さんで、この店、そのようには見えないが、大丈夫かなんて言うもんですから、わけを訊くと、この町の古着屋で、いまにも殺し合いが始まるかも知れないと聞いたもんで……なんて言うんですよう」

お松はいくらか興奮気味の口調になった。

「それで亭主がなんでそんなことをって質すと、いや、単なるうわさでって。この店じゃないかも知れないって、古着だけ購《あがな》って帰って行きました。因縁めいた恨みで殺し合いをしようなんて、まるで幾日もまえからあたしたちを見ていたような……。それで木戸番さん、なにか知っていないか訊いてこいと、巳之助が」

やはりお松は、子たちが海辺に出ないか心配でもあろうが、杢之助に事情を質すのが目的で出て来たようだ。杢之助の打った手が、見事に効《き》いている。

杢之助はさらに用意していた言葉を口にした。

「おめえさんら、もう収まったと思うが、一連の揉め事で命のやりとりまで頭にあったはずだ。……なぜだ。それをなぜ火盗改が知っている」

「…………」

「儂はその揉め事、よそで喋ったことなどねえが、火盗改はどこにどんな網を張っているか知れたものじゃねえ。あいつら、町場にコトが起こりそうになると、町奉行所の岡っ引みてえなのだけじゃねえ、町場に溶け込んだ密偵まで放って調べやがる。恐ろしいところよ」

「岡っ引に密偵？　そんな大げさな。あれはもう、木戸番さんのおかげで……」

「そうよ、殺意なんて消えちまってらあ。じゃがよ、きのうのきょうじゃ、そこまでは知っちゃいねえ。向こうさんがつかんでいるのは、なにやら因縁めいた恨みがあって、鳴海屋を中心に町人同士が殺し合いをするかも知れねえってことよ」

「そんなあ」

「ともかく相手は火盗改だ。町奉行所なんざ、くらべものにならねえくれえ恐ろしいところだ。もし、壱郎治どんや若え兵輔まで目をつけられていたとなりゃあ、お松さん、こいつはコトだぜ」

「コトって、どんなことに!?　実は木戸番さん、午《ひる》まえに兵輔さんが鳴《う》海《ち》屋に来ましてねえ」

「ほう」

李之助はあぐら居のまま、上体を前にかたむけた。自分から仕掛けたものの、火盗改の密偵たちの動きの迅速なことに、内心秘《ひそ》かにゾッとするものを感じていた。

お松はつづけた。

「二本松から長屋がどうなっているか見に行ったら、そこで小間物の行商人から声をかけられ、おまえさんじゃねえのかい、なにかの因縁で殺し合いの喧嘩までしようってのはなんて訊かれ、ふざけんなって二本松に引き返し、心配になってうちに来たって」

「そりゃあますますえれえことだぜ。品川の壱郎治どんも、すでに目をつけられているかも知れねえ」

李之助は言い、

「面《めん》の割れている当事者たちが泉岳寺門前町に高輪車町、それに品川と、それぞれ至近距離に住んでりゃあ、火盗改はずっと目をつけっぱなしってことにならあ。おめえさんらの近辺に鬼の火盗改の目が張りついたままになってみねえ。近所の者も気がつき、おめえさんら商いどころか、日々の生活《たつき》にまで不便が生じらあ。松江坊や巳市坊にも、どんな影響が及ぶか知れたもんじゃねえぜ」

「どうしよう。どうしよう、木戸番さん」

お松は狼狽《ろうばい》の態《てい》となり、上体をさらに前へかたむけ、すがるように言う。

「どうしようって、おめえさんと巳之助どんと兵輔、それに壱郎治どんもだ。一堂に膝を寄せ合い、火盗改の目をどう逃れるか算段しなきゃなんねえだろう。もし十年めえのことを火盗改がほじくり出してみろい。おめえも巳之助どんも壱郎治どんも、ただじゃすまなくなるぜ」

「木戸番さん！　すぐにっ」

お松は敷居を飛び出た。

このときお松が受けた衝撃はすぐさま増幅され、巳之助、兵輔、さらに壱郎治にまで伝わるだろう。

「あら、鳴海屋のおかみさん」

向かいの縁台に出ていたお千佳が驚いて声をかけた。お松はふり向きもせず、坂上に向かって下駄の音を響かせた。

「ああ、なんでもねえ。鳴海屋さん、店の仕事が忙しいようでなあ」

代わりに杢之助がおもてに出て応えた。

坂上に急ぐお松の背に、

（策が効き過ぎたかのう）

李之助は思った。

番小屋に戻り、またひとりになってすり切れ畳にあぐらを組んだ。

思えてくる。

（きょうあすにも、やつら鳴海屋に顔をそろえようかい。若い兵輔は、昔のことながら親の所行《しょぎょう》に悩んでいるだろうし……。これでご一統《いっとう》さん、顔を一堂にそろえて、火盗改の目をどう逃れるか、その方途を考えるのに専念するだろう）

そのとおりだった。

話はすぐさま伝わっていた。品川から壱郎治も加わり、目立つことなく鳴海屋の奥で談合を重ねたのは数日にわたった。

「――儂を訪ねて来ちゃいけねえぜ。火盗改の目が張りついているからなあ」

李之助は巳之助に言っていた。

かれらはそれを守った。

お松が、

「それぞれの身の処し方が決まりました」

と、李之助に告げに来たのは、お松が木戸番小屋を飛び出てから五日目のことだった。

壱郎治は品川にねぐらを移すまえに住んでいた東海道の川崎《かわさき》に、すでに引き揚げたという。東海道で六郷川《ろくごうがわ》の向こうの宿場町だ。

兵輔は甲州《こうしゅう》街道の内藤新宿《ないとうしんじゅく》に寄《よ》る辺《べ》があり、これもすでに引っ越したらしい。

とくに兵輔については、巳之助がいまの鳴海屋をそっくり譲ろうじゃないかと申し出たが、

「――わたしはこの忌《い》まわしい土地を離れたいのですよ。鳴海屋の屋号も引き継ぐ気はありません」

と、断ったという。

自分たちのことについては、

「所帯があるものですから、家移《やうつ》り先を探すにも時間がかかり、お江戸は大川《おおかわ》の向こうの本所《ほんじょ》に小さな店を一軒見つけました。早急《さっきゅう》に引っ越します。すでに他所《よそ》に移ったお二人さんたちと、もう二度と会うことはないでしょう」

と、言う。

（ふむ）

杢之助はうなずいた。

この顔ぶれがいつでも会える至近距離に住んでいたのでは、消えたはずの殺意がいつまた頭をもたげてくるか知れない。これからの一生、恨みや殺しと縁遠い生活を送り、火盗改からも忘れられた存在になるには最上の方途だ。

それにもうひとつ、李之助の不可思議な足技を体験し、またその威力を知った者は、いずれも泉岳寺門前町から遠く離れ、二度と戻って来ることはないのだ。

鳴海屋が夜逃げのように消えたのは、お松が家移りを告げに来た二日後のことだった。近所の住人は不思議がったが、

(火盗改の目を盗んだか)

李之助は夜逃げ同然の所行を解し、

(悪いことをした。くすりが効き過ぎたようだわい)

思ったものである。

町役の門竹庵細兵衛と日向亭翔右衛門には、家移りの日にチラと挨拶はしたが、引っ越し先は言わなかったようだ。

(ま、十年めえ、実際に惨《むご》い殺しをしているのだから、それもありか)

解したとき、自分の来《こ》し方《かた》が脳裡をよぎり、心ノ臓が激しく打つのをとめられなかった。

よろず商いの乙次郎がふらりと木戸番小屋に顔を出した。

「どうなってるんだろうねえ。木戸番さん、なにか聞いちゃいねえかい」

「なにをでえ」

「きょう古着の仕入れに鳴海屋に行くと、店がなくなっちまってるじゃねえか」

「えっ、そんなこと、あるのかい」

と、杢之助は驚いてみせた。

本所に引っ越した巳之助とお松が、鳴海屋の名を引き継いだかどうかは聞いていない。

（おそらく、別の屋号を名乗っているだろうなあ）

杢之助は想像した。

乙次郎と入れ替わるように、ながれ大工の仙蔵が来た。

「どういうことですかい。木戸番さんが怪しいと言うた人ら、いずれも町から消えてしまいやしたぜ」

「ほおう、そりゃよかったじゃねえか。怪しいやつらが町からいなくなったんだから」

仙蔵が言ったのへ杢之助は返した。

実際そうだった。杢之助は泉岳寺門前町ととなりの高輪車町、さらには品川の平穏を人知れず守ったのだ。

仙蔵も帰ったあと、

「ふーっ」

大きく息をつき、つぶやいた。

「それぞれみんな、因果《いんが》よなあ」

天保九年（一八三八）は長月《ながつき》（九月）下旬となり、本格的な冬の訪れとなる神無月《かんなづき》（十月）の足音がすでに聞こえていた。

光文社文庫

文庫書下ろし／傑作時代小説

近《ちか》くの悪《あく》党《とう》　新《しん》・木《き》戸《ど》番《ばん》影《かげ》始《し》末《まつ》(八)

著　者　喜《き》　安《やす》　幸《ゆき》　夫《お》

2024年3月20日　初版1刷発行

発行者　三　宅　貴　久
印　刷　堀　内　印　刷
製　本　ナショナル製本

発行所　株式会社　光　文　社
〒112-8011　東京都文京区音羽1-16-6
電話　(03)5395-8147　編　集　部
8116　書籍販売部
8125　業　務　部



落丁本・乱丁本は業務部にご連絡くだされば、お取替えいたします。
ISBN978-4-334-10246-3　Printed in Japan



組版　萩原印刷